Viaje de invierno

Amélie Nothomb

Viaje de invierno

Traducción de Sergi Pàmies

EDITORIAL ANAGRAMA
BARCELONA

Título de la edición original:
Le Voyage d'hiver

Ilustración: foto © The Image Bank / GettyImages

Primera edición en «Panorama de narrativas»: marzo 2011
Primera edición en «Compactos»: enero 2026

Diseño de la colección: Julio Vivas y Estudio A

ISBN: 978-84-339-4804-5
Depósito legal: B. 8327-2025

Printed in Spain

Liberdúplex, S. L. U., ctra. BV 2249, km 7,4 - Polígono Torrentfondo
08791 Sant Llorenç d'Hortons

Cuando paso por el control de seguridad de los aeropuertos, me pongo nervioso, como todo el mundo. Nunca me ha ocurrido que el dichoso bip no se dispare. Por eso siempre me toca el premio completo, unas manos masculinas sobándome de pies a cabeza. Un día no pude evitar decirles: «¿De verdad creen que quiero hacer estallar el avión?»

Mala idea: me obligaron a desnudarme. Esta gente no tiene sentido del humor.

Hoy paso por el control de seguridad y me pongo nervioso. Sé que el dichoso bip va a dispararse y que las manos masculinas van a sobarme de pies a cabeza.

Pero esta vez sí voy a hacer estallar el avión de las 13.30.

Elegí un vuelo con salida de Roissy-Charles-de-Gaulle y no uno de Orly. Tenía buenas razones para hacerlo: el aeropuerto de Roissy es mucho más bonito y agradable, los destinos son más variados y lejanos, las tiendas libres de impuestos ofrecen mayores posibilidades. Pero la razón principal es que en los servicios de Orly hay mujeres de los lavabos.

El problema no es tener que pagarles. Siempre llevamos alguna moneda suelta en el bolsillo. Lo que no soporto es encontrarme con la persona que va a limpiar lo que deje tras de mí. Resulta humillante para ambos. No creo estar exagerando si afirmo que soy un hombre delicado.

Y hoy es probable que tenga que utilizar los servicios muchas veces. Es la primera vez que me dispongo a hacer estallar un avión. También será la última, ya que formaré parte del pasaje. Por más que haya reflexionado sobre las soluciones más ventajosas para mí, no se me ha ocurrido ninguna. Cuando eres un simple ciudadano de a pie, un acto de estas características implica necesariamente el suicidio. A no ser que pertenezcas a una trama organizada, pero eso no va conmigo.

No tengo alma de colaborador. Carezco de espíritu de equipo. No tengo nada en contra de la especie humana, siento inclinaciones por la amistad y el amor, pero sólo concibo la acción en solitario. ¿Cómo vas a lograr grandes cosas con alguien entrometiéndose constantemente? Hay ocasiones en las que sólo debes contar contigo mismo.

No se puede calificar de puntual a quien llega demasiado pronto. Pertenezco a esta especie: me da tanto miedo llegar tarde que, invariablemente, llevo un adelanto considerable.

Hoy he pulverizado mi propio récord: en el momento de presentarme en el mostrador de facturación, son las 8.30. La empleada me ofrece una plaza para el avión anterior. La rechazo.

Cinco horas de espera no serán demasiadas, ya que me he traído esta libreta y este bolígrafo.

Yo, que hasta los cuarenta había logrado no caer en la deshonra de la escritura, ahora descubro que la actividad criminal lleva implícita la necesidad de escribir. No es grave porque, en el momento en que se produzca la explosión aérea, mis garabatos estallarán conmigo. No tendré que rebajarme a proponerle a un editor que lea mi manuscrito, ni a pedirle su opinión con una expresión de falso desinterés.

Al pasar por el control de seguridad, el bip se ha disparado. Por primera vez, me he reído. Tal y como estaba previsto, unas manos masculinas me han sobado de pies a cabeza. Mi hilaridad les ha parecido sospechosa, les he dicho que soy muy sensible a las cosquillas. Mientras sometían el contenido de mi bolsa a un minucioso examen, me he mordido el interior de las mejillas para no seguir riéndome. Aún no tenía lo que iba a servirme para cometer el crimen. Luego, en la tienda libre de impuestos, he comprado el material.

Ahora son las 9.30. Dispongo de cuatro horas para saciar esta curiosa necesidad: escribir lo que no tendrá la oportunidad de ser leído. Dicen que, en el momento de morir, ves desfilar tu vida entera en un solo segundo. Pronto sabré si es verdad.

La perspectiva me atrae, por nada del mundo me perdería los grandes éxitos de mi propia historia. Si escribo quizá sea para preparar el trabajo del montador que seleccionará las imágenes: recordarle los mejores momentos, sugerirle que mantenga ocultos los que menos me habrán importado.

Si escribo, también es por miedo a que esta fulgurante película no exista. No hay que descartar que sea un camelo y que uno se muera sin más, estúpidamente, sin ver nada de nada. La idea de verme reducido a la nada sin ese trance recapitulativo, me llenaría de desolación. Por si acaso, pues, intentaré, a través de la escritura, regalarme a mí mismo este videoclip.

Esto me recuerda a mi sobrina Alicia, de catorce años. Desde que nació, la criatura ha estado viendo la cadena MTV. Una vez le dije que, si se moría, vería desfilar un videoclip que empezaría con Take That y acabaría con Coldplay. Ella sonrió. Su madre me preguntó por qué era tan agresivo con su hija. Si pinchar a una adolescente equivale a ser agresivo, ni siquiera me atrevo a imaginar qué expresión utilizará mi cuñada cuando se entere de mi papel en el caso del Boeing 747.

Por supuesto que pienso en ello. Los atentados sólo existen por el qué dirán y los medios de comunicación, ese cotilleo a escala planetaria. Uno no secuestra un avión para divertirse sino para salir en portada. Si se suprimieran los medios de comunicación, todos los terroristas se quedarían en el paro. Aunque no caerá esa breva.

Pienso que a partir de las 14 horas, digamos que a las 14.30, teniendo en cuenta los sempiternos retrasos, mis representantes se llamarán CNN, AFP, etc. Ya me imagino la cara de mi cuñada viendo el telediario esta noche: «¡Ya te decía yo que tu hermano era un enfermo!» Y a mucha honra. Gracias a mí, Alicia podrá ver otra cadena distinta a la MTV por primera vez en su vida. Y aun así me lo reprocharán.

No resulta del todo absurdo que, desde ya, me conceda a mí mismo la satisfacción de imaginar la escena: no estaré presente para saborear la indignación que habré provocado. Para poder apreciar en vida una reputación póstuma, nada mejor que anticiparla por escrito.

Las reacciones de mis padres: «Siempre supe que mi segundo hijo era especial. Lo heredó de mí», dirá mi padre, mientras mi madre se inventará recuerdos auténticos prefigurando mi destino: «A los ocho años ya construía aviones con piezas de Lego y los estrellaba contra su rancho en miniatura.»

En cuanto a mi hermana, contará con ternura recuerdos reales cuya relación con el caso será inútil buscar: «Antes de comerlos, siempre se quedaba mirando los bombones durante largo rato.»

Si su mujer le deja hablar, mi hermano dirá que, con el nombre que llevaba, era de esperar. Y semejante aberración no carecerá de fundamento.

Cuando estaba en el vientre de mi madre, mis padres, convencidos de que sería una niña, me habían bautizado Zoé. «¡Un nombre tan hermoso y que significa vida!», proclamaban. «Y que rima con tu nombre», le decían a Chloé, entusiasmada con su futura hermanita. Se sentían tan colmados por el serio Éric, el mayor, que un segundo hijo les parecía superfluo. Zoé sólo podía ser la repetición de la exquisita Chloé, la misma pero en pequeño.

Nací con un desmentido entre las piernas. Se resignaron a ello con humor. Pero les gustaba tanto el nombre de Zoé que, a cualquier precio, buscaron un equivalente masculino: en una vetusta enciclopedia, encontraron Zoilo y me lo asignaron sin siquiera interesarse por el significado de lo que me condenaba a ser un hápax.

Me aprendí de memoria las seis líneas dedicadas a Zoilo en el *Diccionario de nombres propios*:

«Zoilo (en griego, Zôilos). Sofista griego (Anfípolis o Éfeso, *c.* siglo IV). Famoso sobre todo por su crítica apasionada y mezquina contra Homero, se le apodó "Homeromastix" (el azote de Homero). Era, se dice, el título de su obra, en la que, en nombre del buen sentido, intentaba demostrar lo absurdo del imaginario homérico.»

Al parecer, aquel nombre se había introducido en la lengua corriente. Así, Goethe era lo suficientemente consciente de su genio para calificar de Zoiloi a los críticos que lo vilipendiaban.

En una enciclopedia de filología, incluso me enteré de que Zoilo habría muerto lapidado por una masa de buena gente asqueada por sus opiniones sobre la *Odisea*. Época heroica ésa en la que los amantes de una obra literaria no dudaban en cargarse a un crítico infumable.

En resumen, Zoilo era un cretino odioso y ridículo. Eso explicaría que nadie hubiera bautizado jamás a su hijo con aquel nombre de extraña sonoridad. Salvo mis padres, claro.

A los doce años, al descubrir mi funesta homonimia, fui a pedirle explicaciones a mi padre, que salió al paso con «nadie lo sabe». Mi madre llegó un poco más lejos:

–¡No hagas caso de esas habladurías!

–Mamá, ¡lo dice el diccionario!

–Si tuviéramos que creernos todo lo que dice el diccionario...

–¡Tenemos! –le dije con un tono de Comendador.

Inmediatamente, optó por un argumento todavía más retorcido y desafortunado:

–No le faltaba razón, no me negarás que hay momentos de la *Ilíada* que se hacen un poco pesados.

Imposible hacerle confesar que no la había leído.

Puestos a ponerme el nombre de un sofista, no habría tenido nada en contra de Gorgias, Protágoras o Zenón, cuyas inteligencias siguen intrigando todavía hoy. Pero llamarse igual que el más estúpido y despreciable de ellos no me predisponía precisamente a un brillante porvenir.

A los quince años cogí el toro por los cuernos y me adelanté a mi destino: me puse a retraducir a Homero.

En noviembre, teníamos una semana de vacaciones escolares. Mis padres poseían, perdida en medio del bosque, una humilde choza a la que a veces íbamos para disfrutar del campo. Les pedí que me dejaran las llaves.

–¿Y qué vas a hacer allí solo? –preguntó mi padre.

–Traducir la *Ilíada* y la *Odisea*.

–Ya hay excelentes traducciones.

–Lo sé. Pero cuando uno traduce un texto, se crea un vínculo mucho más fuerte que a través de la simple lectura.

–¿Piensas desmentir a tu famoso homónimo?

–No lo sé. Antes de juzgar, tengo que conocer la obra íntimamente.

Efectué el trayecto en tren hasta el pueblo, y luego a pie hasta la casa: una caminata de unos diez kilómetros. En mi mochila, sentía con exaltación el peso del viejo diccionario y de los dos ilustres volúmenes.

Llegué el viernes, tarde. El interior de la casucha estaba helado. Encendí el fuego de la chimenea, junto a la que me acurruqué en un sillón que cubrí de mantas. El frío me anestesió hasta el punto de quedarme dormido.

Me desperté allí, estupefacto, de madrugada. Las brasas resplandecían en la oscuridad. Al pensar en lo que me esperaba, me fulminó un sentimiento de exaltación: tenía quince años y durante nueve días de absoluta soledad me disponía a sumergirme con todas mis fuerzas en la obra más venerable de la historia. Añadí un tronco en la chimenea y me preparé café. Cerca del fuego, instalé una mesita con el diccionario y los libros: me senté, provisto de un cuaderno por estrenar, y dejé que la cólera de Aquiles se apoderara de mí.

De vez en cuando, levantaba la cabeza para experimentar el éxtasis del instante: «Sé consciente de la inmensidad de lo que estás viviendo», me repetía a mí mismo. No dejaba de ser consciente de ello. Con el transcurrir de los días, mi sobreexcitación sobrevivió: la resistencia del griego renovaba *ad libitum* la sensación de una conquista amorosa de primer orden. A menudo me daba cuenta de que traducía infinitamente mejor en el momento de escribir. Sabiendo que la escritura consiste en trasladar el pensamiento a una parte del cuerpo –que imaginaba constituida por cuello, hombro y brazo derecho–, decidí enriquecer mi cerebro con la totalidad de mi anatomía. Cuando un verso ocultaba su significado, lo acompasaba moviendo rítmicamente los pies, las rodillas y la mano izquierda. No obtenía ningún resultado. Canturreaba entonces, alzando la voz. Ningún resultado. Por agotamiento, iba al retrete a aliviar alguna necesidad. De regreso, el verso se traducía solo.

La primera vez, abrí unos ojos como platos. ¿Acaso era necesario orinar para comprender? ¿Cuántos litros de agua iba a tener que tomar para traducir semejantes tochos? Luego pensé que la micción no tenía nada que ver. Lo que había funcionado eran los pocos pasos efectuados hasta llegar al lavabo. Había convocado a mis piernas para que acudieran en mi auxilio; era necesario activarlas para hallar la solución. La expresión «va» no tiene, sin duda, otra explicación.

Al anochecer, me acostumbré a pasear por el bosque. Me recreaba en las sombras de los árboles y en el aire gélido, me daba la impresión de enfrentarme a un entorno hostil y desmesurado. Con actitud peripatética, sentía que aquel ejercicio le proporcionaba a mi cerebro la fuerza que le faltaba. De regreso a casa, colmaba los espacios en blanco del texto.

Los nueve días no fueron suficientes ni para traducir la mitad de la *Ilíada*. No obstante, regresé a la ciudad con un sentimiento de triunfo. Había vivido un idilio sublime que me vinculaba a Homero para siempre.

Han transcurrido veinticinco años desde entonces y es obligado constatar que he sido incapaz de restituir el más mínimo verso. Pero mi memoria ha conservado lo esencial: la extraordinaria energía de aquel éxtasis. La fecundidad de un cerebro que funciona a pleno rendimiento y que convoca toda la naturaleza, incluso la suya. A los quince años, existe un ardor de la inteligencia que es importante retener: como algunos cometas, no vuelve a pasar nunca más.

A la vuelta de las vacaciones, intenté contarles qué me había ocurrido a mis compañeros de instituto. Nadie me hizo caso. No me sorprendió: yo no interesaba, nunca había interesado. No era una personalidad carismática, y me recriminaba a mí mismo sufrir por ello. ¿Qué podía importarme? Debería haber sospechado que una estancia íntima en compañía de Homero no corría el riesgo de emocionar a un puñado de estudiantes. Así que ¿por qué deseaba tanto impresionarlos?

En la adolescencia se plantea la cuestión crucial de la proyección personal: ¿quedaremos en la zona de luz o en la de oscuridad? Me hubiera gustado poder elegir. No podía: algo que no conseguía analizar me condenaba a la penumbra. Y ésta sólo me habría gustado si la hubiera elegido yo.

Por otra parte, yo era como los demás: me gustaban las personalidades carismáticas. Cuando Fred Warnus o Steve Caravan hablaban, estaba bajo su encanto. Hubiera sido incapaz de explicar su seducción, pero la padecía con entusiasmo. Sabía que aquel misterio me superaba.

En Europa occidental llevamos tiempo sin vivir una guerra. En períodos prolongados de paz, las generaciones encuentran otras maneras de sobrellevar las cosechas de la Gran Parca. Cada año se añaden innumerables nombres a la estela de víctimas provocadas por la mediocridad. Conviene concederles el beneficio de la duda: no se han sustraído al combate, tampoco son desertores, algunos incluso, a los quince años, eran auténticos dioses vivientes. El término no supera mi pensamiento: cuando un adolescente está en el frente, ofrece el más resplandeciente de los espectáculos. En el interior de Warnus y Caravan crepitaba una suerte de fuego sagrado.

A los dieciocho años, Warnus se arruinó: entró en la universidad y, de la noche a la mañana, el espíritu brillante acabó repitiendo las trasnochadas consignas de tal o cual profesor. Caravan resistió un poco más: se marchó a Nueva Orleans para formarse junto a los mejores músicos de blues, y prometía. Le había oído tocar y me había puesto la piel de gallina. Cuando tenía unos treinta años, me crucé con él en un supermercado: su carrito rebosaba de cervezas. Sin pudor alguno, me contó que estaba hasta la coronilla del blues, y que no lamentaba haber sido «atrapado por el principio de realidad». No me atreví a preguntarle si era así como llamaba a los packs de cervezas.

La mediocridad no siempre utiliza la vía socioprofesional para imponerse. A menudo, sus victorias son mucho más íntimas. Si he elegido recordar a aquellos dos chicos que a los quince tuteaban la divinidad, es porque la Gran Parca no sólo se ensaña con las élites. Sin saberlo, o sabiéndolo, todos estamos llamados al combate y existen mil maneras de sufrir una derrota.

La lista de víctimas no está escrita en ninguna parte: nunca sabemos con certeza quiénes figuran en ella, incluso ignoramos si incluye nuestro nombre. Sin embargo, no se puede dudar de la existencia de este frente. A los cuarenta años, son tan pocos los supervivientes que te sientes atormentado por un sentimiento trágico. A los cuarenta, uno está forzosamente de luto.

No pienso que la mediocridad haya podido conmigo. Siempre logré mantener una vigilancia al respecto, gracias a algunas señales de alarma. La más eficaz es la siguiente: mientras no te regodeas con la caída de alguien, aún puedes mirarte al espejo. Deleitarse con la mediocridad ajena sigue siendo el colmo de la mediocridad.

Conservo una notable capacidad para sufrir con la decadencia de aquellos a los que conozco. Últimamente, he vuelto a ver a Laura, que fue una excelente amiga en mis tiempos universitarios. Le pregunté por Violette, que era la más guapa de aquel curso. Con entusiasmo, me respondió que se había engordado treinta kilos y que tenía más arrugas que el Hada Carabosse. Su alegría me estremeció. Acabó por desolarme cuando se escandalizó de que sintiera lástima por la carrera de Steve Caravan:

–¿Por qué lo juzgas?

–No lo juzgo. Sólo lamento que haya abandonado la música. Tenía tanto talento.

–Las facturas no se pagan creyéndote un genio.

Había algo más desagradable que aquella frase: era la acritud que el comentario rezumaba.

–Entonces, para ti, ¿Steve era alguien que creía ser un genio? ¿Nunca se te ocurrió pensar que pudiera serlo?

–Tenía su talento, como cualquiera de nosotros.

Era inútil continuar. Soportar el discurso de los biempensantes ya resulta difícil de por sí, pero se vuelve insoportable cuando descubres la amplitud del odio oculto tras ese catecismo.

Odio: ya lo he dicho. Dentro de unas horas, y tras mi intervención, habrá estallado un avión. Pese a las precauciones que habré tomado, la cosa no bajará de los cien muertos. Víctimas inocentes, lo escribo sin ironía. ¿Quién soy yo para estigmatizar el odio que experimentan los demás?

Necesito escribirlo aunque sólo sea para mí: no soy un terrorista. Un terrorista actúa en nombre de una reivindicación. Yo no tengo ninguna. No me molesta distinguirme radicalmente de esa chusma que busca un pretexto para su odio.

Odio el odio y, sin embargo, lo experimento. Conozco ese veneno que se inocula en la sangre a través de una mordedura y que te infecta hasta el tuétano. El acto que me dispongo a llevar a cabo es la depurada expresión de dicho odio. Si se tratara de terrorismo, inventaría un disfraz nacionalista, político o religioso para mi odio. Me atrevo a afirmar que soy un monstruo honesto: no intento darle al horror una causa, un objetivo o una categoría superior. Revestir un dispositivo de destrucción de un motivo, sea cual sea, me repugna.

Desde los tiempos de Troya, no hay engaño posible: se mata por matar, se quema por quemar, luego ya encontraremos una justificación que nos legitime. Esto no es un intento de justificación, ya que nadie me leerá, más bien es un deseo íntimo de dejar las cosas claras: por premeditado que sea, el crimen que me dispongo a cometer es cien por cien impulsivo. Me ha bastado conservar intacto el impulso de mi odio, no permitir que se volviera insípido, perdiera intensidad o se debilitara hasta convertirse en un falso olvido de putrefacción.

Después de mi inminente fallecimiento, me tratarán como lo que no soy y no me importa no ser comprendido por aquello que desprecio. Pero el mal tiene su propia higiene, y la mía me lleva a afirmar que, después de la catástrofe aérea, podré ser un cabrón, una basura, un loco, pura morralla: cualquier cosa menos terrorista. Coqueto que es uno.

Tampoco se trata de darle sentido a mi vida: no es eso lo que le falta. Admito que me quedo boquiabierto ante las innumerables personas que, suponiendo que digan la verdad, sufren de una existencia carente de sentido. Me recuerdan a esas mujeres elegantes que, ante un fabuloso guardarropa, se ponen a gritar que no tienen nada que ponerse. El simple hecho de vivir es un sentido en sí mismo. Otro es vivir en este planeta. Otro es vivir entre los demás, etc. Declarar que tu vida carece de sentido no es serio. En mi caso, sí sería exacto afirmar que, hasta ahora, mi vida carecía de objeto. Y me parecía bien. Era una vida intransitiva. Vivía de un modo absoluto y podría haber continuado así a plena satisfacción. Fue entonces cuando el destino me alcanzó.

El destino vivía en un apartamento abuhardillado. Desde hace quince años, me gano la vida proporcionando a los que acaban de mudarse soluciones energéticas que no han solicitado. En función de las instalaciones –¿debería decir de los desastres?–, les oriento hacia una u otra compañía eléctrica, de las que soy más o menos empleado; calculo y concedo créditos cuando tropiezo con situaciones sociales que superan los límites de la palabra precariedad. Ejerzo mi actividad en París y en más de una ocasión he podido comprobar lo que la gente es capaz de soportar para vivir en esta ciudad.

Por un resquicio de pudor, algunos me aseguran que el mal estado de su piso no durará: «Acabamos de llegar, hágase cargo.» Asiento. Sé que en la inmensa mayoría de los casos no habrá mejoría alguna: el único cambio consistirá en ir acumulando un desorden que acabará tapando el caos original.

La versión oficial sostiene que me gusta este trabajo porque me permite conocer a individuos sorprendentes. No es del todo falso. No obstante, sería más exacto señalar que semejante función alimenta mi natural indiscreción. Me gusta descubrir la verdad de los lugares en los que vive la gente, los espantosos tugurios en los que los humanos consienten acomodarse.

No hay ningún desprecio en mi curiosidad. Cuando veo mi propio cuartucho, no es para echar las campanas al vuelo. Simplemente soy consciente de poder acceder a un inconfesable secreto más relevante de lo que parece: nuestra especie no vive mucho mejor que las ratas. En los anuncios y las películas, vemos a seres humanos desenvolviéndose por suntuosos lofts o por delicados salones. En quince años de carrera, nunca he visto a nadie mudarse a esos ultraterrenales paraísos.

Aquel día de diciembre, estaba citado con una nueva inquilina del barrio de Montorgueil. El registro especificaba que se trataba de una novelista. Mi mente se puso en marcha, no recordaba haber inspeccionado el domicilio de nadie con semejante profesión.

Para mi sorpresa, no me recibió una joven sino dos. Una era una chica levemente retrasada que no se movió del sofá en el que permanecía apretujada y que me saludó con un sonido nasal. La otra, encantadora y vivaracha, me rogó que entrara. Sus exquisitos modales contrastaban con el estado del lugar. El apartamento abuhardillado carecía simple y llanamente de calefacción alguna.

–¿Y cómo se las apañan para vivir aquí? –le pregunté, horrorizado por el frío glacial.

–Así –dijo mostrándome su vestimenta y la de la deficiente del sofá.

Las dos jóvenes llevaban unos quince jerséis de lana cubiertos por un número similar de abrigos, bufandas y gorros. La subnormal parecía una versión retrasada del yeti. Pese a su atuendo, la hermosa joven conservaba un aspecto encantador. Por un momento, me pregunté si serían pareja. Como si quisiera responder a mi tácita pregunta, la criatura empezó a hacer burbujas con su propia saliva. No, era imposible que estuvieran juntas. Me sentí aliviado por ello.

–¿Y lo soportan? –pregunté estúpidamente.

–No nos queda más remedio –respondió.

La retrasada tenía la edad indeterminada de la gente de su especie. La guapa, en cambio, debía de tener entre veinticinco y treinta años. En mi registro, figuraba: «A. Malèze.»

A: ¿Agathe? ¿Anna? ¿Aurélia? ¿Audrey?

Se suponía que no debía hacer preguntas al respecto. Examiné las habitaciones y, no sin sorpresa, comprobé que el agua de los servicios no se había congelado. En el apartamento reinaba una temperatura de unos diez grados. Era poco, es cierto, ¿pero qué hacía que uno tuviera la sensación de que la temperatura era diez grados menos? Miré el techo, casi íntegramente de cristal. El aislante era deplorable, una permanente corriente de aire helaba los huesos. Calculé mentalmente el coste de las obras necesarias en varios cientos de miles de euros. Lo peor es que nada parecía factible antes del verano, ya que sería indispensable reventar el techo. Se lo comuniqué. Se echó a reír.

–No tengo ni el primer euro de una suma semejante. Hemos invertido todo nuestro dinero en la compra del apartamento.

«Hemos»: debían de ser hermanas.

–Pero podría solicitar un crédito y, provisionalmente, alojarse en casa de algún pariente.

–No tenemos ninguno.

Era conmovedor, aquellas valerosas huérfanas, una de las cuales estaba a punto para el psiquiátrico.

–Así no podrán pasar el invierno –dije.

–Tendremos que hacerlo. No tenemos alternativa.

–Puedo encontrarles plaza en algún albergue municipal.

–Ni hablar. De todos modos, no nos quejamos de nada. Es usted quien ha insistido en realizar esta visita de inspección.

El tono defensivo me estremeció el corazón.

–¿Y de noche, cómo consiguen dormir?

–Lleno bolsas de agua caliente y nos apretamos la una contra la otra bajo el colchón.

Entendí mejor la presencia de la idiota: emitía calor. Una virtud insustituible de la que, por el ejercicio de mi oficio, conocía el lugar capital que ocupa en las conductas humanas.

El orgullo de aquella joven me gustaba. Me lo jugué todo a una carta:

–No puedo marcharme sin proponerles una ayuda, un recurso o una mediación.

–¿Y qué propone?

–Puedo traerles calefacción eléctrica complementaria. Gratis.

–No podremos asumir el coste de la factura eléctrica que se derivará de ello.

–La compañía tiene previsto arreglos para este tipo de problemas.

–No estamos necesitadas.

–Su actitud la honra. Pero existe la bronquitis crónica, y puede degenerar en pleuresía. Los casos son cada vez más frecuentes.

–Gozamos de una salud excelente.

Empezaba a mostrarse hostil. Comprendí que me estaba invitando a irme. Lo único que conseguí, gracias a mi insistencia, fue una nueva cita con el fin de cubrir el techo con lonas de plástico.

–Quedará feo –dijo ella.

–Será provisional –respondí, intentando una sonrisa de reconciliación.

Pospuse para el próximo encuentro las preguntas que ardía en deseos de hacerle.

Una vez fuera, corrí al Fnac de Les Halles, en busca de las novelas de una tal A. Malèze. Encontré *Balas de fogueo* de Aliénor Malèze. Aliénor: era tan hermoso que me quedé desconcertado.

Después de leer la novela, y no sin recelo, me pregunté en qué medida aquellas balas de fogueo podrían resultar más inofensivas que las balas de verdad. Era incapaz de responder ni de saber si la novela me gustaba. Igual que era incapaz de precisar si preferiría recibir un dardo de curare en el entrecejo o nadar entre tiburones con una herida en la pierna.

Me concentré en los aspectos positivos. Sí, había experimentado un profundo alivio al terminar el libro. Sí, había sufrido leyéndolo, pero no por motivos literarios. Por otra parte, apreciaba que no hubiera una fotografía del autor en la solapa, en una época en la que tan difícil resulta librarse de un primer plano del careto del escritor en portada. Ese detalle me produjo una enorme satisfacción, tanto más cuanto que conocía el rostro encantador de la señorita Malèze, que podría haber sido utilizado como señuelo de ventas. La breve reseña biográfica no informaba sobre la edad de la novelista, ni tampoco decía que se trataba del talento más prometedor de su generación. En testimonio de lo cual estaba en disposición de concluir que no eran cualidades lo que le faltaban al libro.

Gracias al apartado «Del mismo autor», me enteré de que no se trataba de su primera novela. Había publicado cuatro con anterioridad: *Sin anestesia*, *In vitro*, *Fracturas* y *Fase terminal*. Experimenté la desesperación del caballero que, creyendo haber salido victorioso de una prueba, descubre que la dama de sus pensamientos le impone cuatro pruebas más de la misma ralea.

Se los encargué al librero de mi barrio y, febrilmente, esperé la siguiente cita. ¿Le llevaría el libro para que me lo dedicara? ¿Era una buena idea? Si yo fuera escritor, ¿me gustaría que un desconocido se comportara así conmigo? ¿Acaso ella se lo tomaría como un gesto fuera de lugar, un exceso de familiaridad, una intromisión en su vida privada? Me estaba volviendo loco con tantas preguntas protocolarias, que invadían el reducido espacio social en el que me movía.

El día señalado, guardé *Balas de fogueo* en

mi mochila, sin tener aún ningún plan concreto. Aliénor: el nombre había cristalizado en mi interior hasta tal punto que me sonaba como un diamante. Sin embargo, tenía que evitar llamarla de ese modo: la perspectiva se me antojaba tan difícil como no agradecerle a un arpista que toque Debussy cuando sientes la urgente necesidad de escuchar maravillas de este tipo.

Aliénor me recibió con una educación que me dolió. En su rincón, la amiga deficiente se estaba zampando una cazuela de humeante puré. «Ayuda a entrar en calor», me dijo con una voz de labio leporino. Asentí y me puse a trabajar. Entoldar la zona resultó más difícil de lo que creía: la novelista me ayudó y, avergonzado, tuve que confesarle que sin ella habría tenido que renunciar y abandonarla a merced de las corrientes de aire antes de regresar con una brigada.

–¿Lo ve? No es tan feo –dije cuando terminamos.

–El cielo se merece algo más que una transparencia plástica –respondió–. ¿Cuándo podrá quitarla?

–¡No tan deprisa! Acabamos de ponerla. Antes de que termine el mes de abril, yo, en su lugar, no tocaría nada.

De la enorme bolsa que contenía la lona de

plástico saqué el modelo más reducido de calefacción eléctrica de placa por irradiación.

–Ahora que el interior está aislado, vale la pena calentar –comenté–. Este aparato consume mucho menos que los convencionales.

–No le he pedido nada.

–No está obligada a utilizarlo. Pero no me obligará a llevarlo conmigo arriba y abajo todo el día. Lo dejo aquí y, a finales de abril, me lo llevaré junto con la lona.

Se quitó los mitones para acariciar la superficie, como si se tratara de un animal doméstico que quisiera endosarle; en una de sus manos, observé una herida inmunda y no pude reprimir un grito.

–No es nada –dijo ella–. La bolsa de agua caliente explotó mientras dormía. Puedo darme por satisfecha de haber sufrido sólo una quemadura en la mano.

–¿La ha visto un médico?

–No hace falta. Es espectacular por las ampollas, eso es todo.

Volvió a ponerse los mitones. En el apartamento hacía tanto frío que me parecía que el aire podría recortarse en cubitos. La idea de abandonar a la joven en aquella gélida celda me desgarraba el corazón.

–¿Consigue escribir en estas condiciones? –balbuceé.

–¡Aliénor! ¡Una pregunta para ti!

La anormal me miró con expresión estupefacta. Menos estupefacta que la mía. ¿Qué? ¿La escritora era ella?

–¿Consigue escribir en estas condiciones? –repetí con terror, contemplando los restos de puré alrededor de su boca.

–Me gusta –respondió la labio leporino.

Para disimular mi espanto, fui a buscar el libro a la mochila.

–Mira –dijo la guapa–. El señor ha traído tu novela. ¿Quieres dedicársela?

La criatura emitió un alegre borborigmo que sonó como si asintiera. Hubiera preferido darle el libro a la criada para que se lo entregara, pero hice acopio del valor suficiente para tendérselo a la fea, junto a mi bolígrafo. Se lo quedó mirando durante largo rato.

–Es el bolígrafo del señor. Habrá que devolvérselo –articuló aquella cuyo nombre yo ignoraba.

Aliénor, pensé. Desde que sabía a quién correspondía aquel nombre, se había transformado. Me sonaba como «Alien». Sí, se parecía a la cosa de la película. Quizá fuera ésa la causa de que me inspirara tanta angustia.

–Hay un café aquí al lado –le dije a la guapa–. ¿Quiere tomar algo?

A la idiota le contó que se iba al café con el señor y le sugirió que aprovechara para escribirle una dedicatoria digna de ella. Me pregunté qué podía significar eso y qué tenían que ver la dignidad o la indignidad con el estado zombi que la caracterizaba.

Una vez en el café de la esquina, debió de leer los interrogantes en mi mirada, ya que intervino sin demora.

–Lo sé. Resulta increíble que una escritora así sea retrasada. No diga nada, ya sé que la palabra está mal vista, pero a mí me parece justa y desprovista de desprecio. Aliénor es una persona lenta. El tiempo que tarda en hacer cualquier cosa le confiere una especie de talento. Su lenguaje está desprovisto de los automatismos que tanto recargan el nuestro.

–No es lo que más me sorprende. Su libro es tan violento. Y Aliénor parece tan dulce y tan sencilla.

–En su opinión, ¿un escritor afable escribe libros afables? –preguntó ella.

Me sentí como el rey de los cretinos y dejé que hablara ella.

–Tiene usted razón en eso –continuó–. Aliénor

es dulce y sencilla. Lo es de verdad, sin premeditación. Si no me ocupara de ella, los editores le robarían hasta el último céntimo.

–¿Es usted su agente?

–En cierto modo, aunque no lo especifique ningún contrato. Conocí a Aliénor hace cinco años, cuando publicó su primera novela. Su estilo me había seducido y acudí al Salón del Libro para que me dedicara su novela. En la solapa promocional, la editorial especificaba que Aliénor Malèze era auténtica y singular y que «su diferencia constituía un enriquecimiento para nuestra sociedad». Cuando la vi, me produjo una gran impresión. Tanta inocencia saltaba a la vista. En su stand, en lugar de coger el libro que le tendían o de lucir la típica sonrisa comercial del que tiene algo que vender, se limpiaba aplicadamente la nariz sin preocuparse de las desaprobadoras miradas de los visitantes. En aquel momento, una mujer se le acercó y vi cómo le daba un puñetazo en la cintura mientras, con la otra mano, la incitaba a coger el bolígrafo. Enseguida entendí que había que protegerla.

–En *Balas de fogueo* no se señala que sea... diferente.

–A partir de su segundo libro, procuré que fuera así. Utilizar su minusvalía como argumento de venta me resultaba chocante, tanto más cuanto que se la puede leer perfectamente ignorando este detalle. Cuando logré que su problema dejara de figurar, el editor intentó que su fotografía figurara en la solapa. Era lo mismo, ya que el rostro de Aliénor lo dice todo. Me opuse a ese proyecto.

–Con éxito.

–Sí. Lo más difícil fue contactar con ella. No es que escondiera su dirección, es que la ignoraba. Tuve que seguirla. Y entonces descubrí el pastel: el editor la tenía encerrada sola en un estudio microscópico con un magnetófono. Una especie de cancerbera pasaba por la noche y escuchaba la cinta en la que se suponía que Aliénor tenía que grabar su siguiente novela. Si consideraba que la prisionera había trabajado correctamente, le dejaba mucha comida. De lo contrario, nada. A Aliénor le encanta comer. Sin embargo, no entendía nada de semejante chantaje.

–Es repugnante.

–Lo peor era que yo no podía impedirlo. Tras muchas pesquisas, localicé a sus padres, a quienes esos negreros de editores habían asegurado que su hija se daba la gran vida en París. Les conté la verdad. Se escandalizaron, pero me confesaron que ya no les quedaban fuerzas para ocuparse de ella.

Les dije que estaba dispuesta a acoger a Aliénor en mi casa y a cuidar de ella. Fueron generosos. Afortunadamente, ya que entonces vivía en un tugurio increíble en la Goutte-d'Or, comparado con el cual nuestro apartamento actual, comprado gracias a los derechos de autor de Aliénor, es un palacio. Usted se escandaliza de que no tengamos calefacción. En la Goutte-d'Or no sólo no teníamos calefacción sino que tampoco disponíamos de agua corriente.

–¿Y el editor no intentó interponerse?

–Sí, por supuesto. Pero los padres habían puesto a su hija bajo mi tutela, y eso nos protege a ambas. No por ello la considero mi pupila, más aún teniendo en cuenta que es tres años mayor que yo. En realidad, la quiero como si fuera mi hermana, incluso sabiendo que vivir con ella no siempre resulta fácil.

–Al principio creí que la escritora era usted.

–Resulta curioso. Antes de conocer a Aliénor, me creía capaz de escribir, como todo el mundo. Desde que me dicta sus textos, me doy cuenta de lo mucho que me separa de un escritor.

–¿Ella le dicta?

–Sí. Escribir de su puño y letra le resulta muy difícil. Y, ante un teclado, se queda paralizada.

–¿Y no resulta muy pesado para usted?

–Es la parte de mi papel que prefiero. Cuando era una simple lectora más de Aliénor, ni siquiera me daba cuenta de su arte. Su prosa límpida da ganas de convertirse en autor, uno cree que parece fácil. Todos los lectores deberían copiar los textos que les gustan: no hay nada mejor para comprender qué los hace tan admirables. La lectura excesivamente rápida no permite descubrir lo que esa simplicidad esconde.

–Tiene una voz extraña, me resulta difícil entenderla.

–Forma parte de su minusvalía. Uno se acostumbra a su dicción.

–¿Cuál es exactamente su enfermedad?

–Una variedad muy rara de autismo, la enfermedad de Pneux. Un tal doctor Pneux fue el primero en describir esta degeneración llamada más comúnmente «autismo afable». Uno de los problemas de los enfermos de Pneux es que no se defienden en absoluto contra las agresiones: no las perciben como tales.

Reflexioné y dije:

–Sin embargo, en su libro...

–Sí. Pero es porque Aliénor es escritora: al escribir, consigue expresar lo que no ve en su entorno cotidiano. Los otros enfermos de Pneux, por desgracia, carecen de este talento.

–Así pues, su talento no es consecuencia de su problema.

–Sí. Su talento es una defensa inmunológica que, de no estar enferma, no habría desarrollado. Me horroriza la teoría del mal necesario, pero hay que admitir que sin su minusvalía Aliénor no habría inventado su escritura.

–¿Además de escribir lo que le dicta, en qué consiste su papel?

–Soy la interfaz entre Aliénor y el mundo. Es un trabajo considerable: negocio con los editores, cuido de su salud física y mental, compro la comida, la ropa y sus libros, selecciono su música, la llevo al cine, le preparo la comida, la ayudo a lavarse...

–¿No puede hacerlo sola?

–Percibe la suciedad como un fenómeno divertido, no entiende por qué tiene que lavarse.

–Me parece usted muy valiente –dije, intentando imaginar la limpieza en cuestión.

–Le debo mucho a Aliénor. Ella me mantiene.

–Teniendo en cuenta lo que llega a trabajar para ella, es lo justo.

–Sin ella, ejercería una profesión ordinaria y pesada. Gracias a ella, tengo una existencia digna de llamarse así; se lo debo todo.

Lo que me contaba me dejaba de piedra. Me

parecía que yo nunca habría soportado un destino semejante. ¡Y se alegraba por ello!

Temía que fuera una especie de santa. Las santas ejercen sobre mí un tipo de impacto erótico provocado por la peculiar irritación que me producen. No era lo que podía sentir por aquella joven.

–¿Y usted cómo se llama? –pregunté para cortar por lo sano con tanta nobleza de sentimientos.

Ella sonrió, como quien se ha guardado un temible as en la manga.

–Astrolabio.

Si hubiera estado comiendo, me habría atragantado.

–¡Pero si es un nombre de chico! –exclamé.

–¡Ah, por fin alguien que lo sabe!

–¡Era el hijo de Eloísa y Abelardo!

–¿La compañía eléctrica recluta a escolásticos?

–¿Y cómo se les ocurrió a sus padres ponerle Astrolabio?

–Usted, por lo menos, no piensa que se trata de un seudónimo que he elegido para impresionar al personal.

En efecto. Era el más indicado para saber que los padres pueden bautizar a sus retoños del modo más aberrante.

–Mi madre se llama Eloísa –prosiguió– y mi padre Pierre, el nombre de Abelardo. Hasta ahí, nada de lo que sorprenderse. Poco después de concebirme, mi padre se convirtió en un fanático de Fidel Castro y abandonó a mi madre para marcharse a vivir a Cuba. Mamá fingió pensar que castrista y castrado tenían la misma raíz. Para vengarse, me puso el nombre de Astrolabio con el fin de que mi padre conociera su opinión si regresaba. Nunca regresó.

–Ponerle a tu hijo un nombre por venganza no es precisamente un regalo.

–Estoy de acuerdo con usted. Sin embargo, el nombre me gusta.

–Tiene razón. Es magnífico.

Me hubiera gustado que mi curiosidad se viera correspondida. Por desgracia, no me preguntó por mi identidad. Así que tuve que hacerlo por iniciativa propia. Tras explicarle quién era Zoilo, concluí:

–Usted y yo tenemos algo en común: un nombre rebuscado que nuestros padres nos pusieron a causa de una concepción culpable del descaro.

–Es una manera de ver las cosas –dijo ella, como si quisiera poner fin a la conversación–. Aliénor ya debe de haber acabado de dedicarle su libro. Vaya a buscarlo. Creo que ya le he hecho perder suficientemente su precioso tiempo.

Frustrado, la acompañé hasta su casa. ¿Qué error había cometido? Fue Aliénor quien me salvó: me tendió el libro con una expresión satisfecha y gloriosa y pude leer la siguiente dedicatoria: «Para el señor, besos. Aliénor.»

–Le gusta usted –afirmó Astrolabio en un tono más suave.

No quise comprometer mi recuperada situación y me marché inmediatamente. Por gratitud, decidí que leería con extrema atención la obra de aquella escritora.

Astrolabio: sin duda ella es la razón por la cual me dispongo a secuestrar este avión. Una idea así la horrorizaría. Mala suerte: hay mujeres a las que hay que querer a su pesar y actos que uno debe cometer a pesar de uno mismo.

Sin embargo, sería excesivo afirmar que si mi historia de amor hubiera salido bien, no me habría convertido en un *high jacker* aficionado. En primer lugar, porque ignoro qué significa que una historia de amor salga bien. ¿Cuándo puede considerarse que el amor sale bien? En segundo lugar, porque, incluso en el caso de indudables éxitos amorosos, tampoco puedo garantizar que no dedicaría este domingo a una operación como ésta.

Cuando Astrolabio se entere de lo que he hecho, me despreciará, me odiará, maldecirá el día en que nos conocimos, destruirá mis cartas o, peor aún, las entregará a la policía; estoy convencido de que ningún hombre habrá ocupado tanto su pensamiento. No está mal.

Ignoro en qué consiste que una historia de amor salga bien, pero hay algo que sí sé: no existe fracaso amoroso. Es una contradicción en los términos. Experimentar el amor ya supone un triunfo, tanto que podríamos llegar a preguntarnos por qué queremos más.

Sin que fuera diagnosticado como anorexia, a los dieciséis años sufrí la pérdida del apetito. En dos meses perdí 20 kilos. Un chico de uno setenta y cinco y 40 kilos constituye un espectáculo repulsivo. Aquello duró medio año, y luego volví a alimentarme. El fenómeno tuvo la curiosidad de revelarme el milagro de las facultades de las que me vi privado: entre otras, esa fabulosa capacidad de cristalizar alrededor de otra persona.

Gracias a aquellos seis meses de absoluta frigidez, no creo que olvide que la simple realidad de un sentimiento amoroso es un don en sí mismo, un estado de alerta absoluta en el que queda abolida cualquier otra realidad.

El encargo me esperaba en la librería: me llevé los libros de Aliénor a casa. Los leí hasta arrancarme los órganos de la lectura que, en el caso de esas novelas, resultaban difíciles de identificar. Devorar la obra de un autor para poder seducir a su cuidadora no era una operación banal. Luego, en honor a la señorita Malèze, escribí tal epístola que se vería obligada a compartir con su protectora. Puse mis señas a pie de página y se obró el milagro: Astrolabio me llamó.

–¡Menuda carta! –dijo con entusiasmo.

–Sólo es la expresión de mi admiración.

–Aliénor me ha pedido que se la lea en voz alta: quería asegurarse de que su vista no la engañaba.

–Por la misma razón, me encantaría que usted me leyera sus libros en voz alta.

Al otro lado del teléfono, la oí.

–¿Me autoriza la compañía eléctrica a invitarle a tomar el té en nuestra casa sin que la calefacción tenga nada que ver con el asunto?

El sábado siguiente, a las cinco de la tarde, me presenté en su casa. Tomar el té en compañía de la dama de mis pensamientos y de una novelista retrasada resultó ser una experiencia compleja.

En el apartamento reinaba un frío levemente inferior al de la primera vez.

–¿No utilizan mi calefacción? –constaté.

–Denúncienos a la compañía. No le invito a quitarse el abrigo. Confíe en nuestra experiencia: vale más conservar el calor que haya acumulado.

Les llevé una caja de macarrones dulces Ladurée. En el momento de servirme el té, Astrolabio me propuso tomar uno: lo interpreté como una orden.

–Es ahora o nunca –precisó ella.

Lo entendí mejor cuando la caja de Ladurée llegó a manos de Aliénor: tras sucesivos gruñidos de éxtasis, se puso a engullir los macarrones uno tras otro. Había elegido un surtido de unas veinte piezas de distinto sabor: con cada nuevo sabor, Aliénor berreaba, sujetaba el brazo de Astrolabio para llamar su atención y abría toda la boca para mostrarle el color del pastelito responsable de semejante trance.

–Debería haber elegido la caja de treinta –observé.

–Treinta, cuarenta, de todos modos no dejaría ni uno. ¿No es cierto, Aliénor?

La escritora asintió con entusiasmo. Cuando acabó de comer, observó la caja de color verde jade con admiración; no pareció inmutarse lo más mínimo con mis preguntas sobre sus libros.

–Aliénor no responde cuando la interrogan

sobre su obra –dijo Astrolabio–. No comprende el principio de la explicación del texto.

–Hace bien.

En su presencia, me resultaba un poco incómodo hablar de ella en tercera persona; aunque también es verdad que su presencia era relativa. No nos escuchaba.

–¿De verdad leyó mi carta? –pregunté.

–Por supuesto. No se sienta frustrado, Aliénor entiende los elogios. Un día que le solté un ramillete de elogios sobre uno de sus párrafos, ella cerró los ojos. «¿Qué significa esa reacción?», le dije. «Me acurruco en tus palabras», respondió.

–Es bonito.

–Y a mí los elogios que le hacen a Aliénor me llenan de alegría.

Aquellas palabras no cayeron en saco roto. Solté una salva de lo más laudatoria sobre el estilo de la novelista. Incluso me excedí un poco, pero la causa lo merecía. Astrolabio no disimulaba el placer que le proporcionaba: el espectáculo resultaba exquisito.

Al término de mi actuación, la dama de mis pensamientos aplaudió:

–Es usted el mejor adulador que conozco. Aliénor está encantada.

Nadie lo hubiera dicho: con la nariz pegada al

sello Ladurée, la novelista invertía su energía en bizquear.

–Es porque me sale del corazón –declaré.

–Es usted un crítico literario mucho más dotado que su homónimo.

–No sabe cómo me tranquiliza saberlo –dije, sorprendido de que se acordara de mis comentarios.

–¿Cómo acabó usted en la compañía eléctrica?

Encantado por su curiosidad respecto a mi persona, me sumergí en una breve biografía, del tipo apasionado por la filología que, sin embargo, no deseaba convertirse en profesor. En 1996, la compañía EDF, entonces en el cénit de su poderío, dedicó parte de su presupuesto a la publicación de una recopilación de relatos literarios que ilustraran diversas utilizaciones desconocidas de la electricidad. Con veintinueve años, fui contratado en calidad de director de publicaciones. En una editorial, un cargo así me habría convertido en mandarín; en la EDF más bien parecía una persona fuera de lugar. Cuando el presupuesto no fue prorrogado, solicité no ser despedido. Entonces me asignaron este nicho que, hasta hoy, me pertenece.

–Es un hermoso trabajo –dijo Astrolabio–. Conoce a gente de todo tipo.

–Más bien me tropiezo con miserias indescriptibles, con extranjeros que creen que quiero expulsarlos del país, con casos sociales que exhiben su pobreza como si quisieran reprochármela, y con cuidadoras de novelistas hartas de mi diligencia.

Sonrió. Aliénor pidió más té. Empezó a tragar una taza tras otra; comprendí entonces por qué Astrolabio había previsto una tetera tan ciclópea.

–Aliénor no hace las cosas a medias –comentó ella–. Cuando toma té, lo toma de verdad.

El resultado no tardó en manifestarse. La escritora fue al lavabo, volvió, fue otra vez, volvió, etc. Era un caso interesante de movimiento perpetuo. Cada vez que desaparecía, yo aprovechaba para abonar el terreno:

–Me gustaría mucho volver a verla.

O:

–No dejó de pensar en usted.

O:

–Incluso con tres parcas superpuestas, es usted hermosa y agradable.

O directamente cogerle la mano.

Pero el precipitado regreso de Aliénor nunca le daba tiempo a la joven a superar el estado de la incomodidad y responder.

Me hubiera gustado sugerirle a la imparable

novelista: ¿para qué regresa si tendrá que volver inmediatamente? Sospechaba que había una parte de perversidad infantil en aquel personaje.

–No habla usted demasiado –acabé por decirle a Astrolabio.

–No sé qué decirle.

–De acuerdo, entiendo.

–No, no lo entiende.

Anoté mi dirección en un papel: sabía que ya la tenía, pero por si acaso.

–Quizá encuentre la respuesta por escrito –le dije antes de marcharme.

Enamorarse en invierno no es una buena idea. Los síntomas son más sublimes y más dolorosos. La perfecta luz del frío estimula el deleite sombrío de la espera. Los escalofríos realzan el desasosiego. Quien se enamora por Santa Lucía se expone a tres meses de temblores patológicos.

Las otras estaciones tienen sus zalamerías, espinillas, escozores y frondosidades en las que sepultar los estados de ánimo. La desnudez invernal no ofrece refugio alguno. Más traidor que el espejismo del desierto es el famoso espejismo del frío, el oasis del círculo polar, un escándalo de belleza hecho realidad gracias a las temperaturas negativas.

El invierno y el amor tienen en común que inspiran el deseo de sentirse reconfortado por semejantes pruebas; la coincidencia de ambas estaciones excluye la posibilidad de alivio. Al amor le repugna compensar el frío con el calor y lo reviste de una impresión de obscenidad, aliviar la pasión abriendo las ventanas que dan al aire vivo envía a la tumba en un tiempo récord.

Mi espejismo de frío se llamaba Astrolabio. La veía por todas partes. Las interminables noches invernales que ella pasaba tiritando en su tugurio sin calefacción, yo las vivía mentalmente a su lado. El amor no tolera la fatuidad: en lugar de imaginar el fuego que mi cuerpo le hubiera podido proporcionar al suyo, yo rodaba cuesta abajo del termómetro junto a la dama de mis pensamientos, no había límites para la gélida quemadura que juntos podíamos alcanzar.

El frío ya no constituía una amenaza sino un imperioso poderío que nos animaba y que se expresaba por sí mismo: «Soy el frío y si reino en el universo es por una razón tan simple que a nadie se le ha ocurrido: necesito que me sientan. Es la necesidad de todo artista. Ningún artista lo ha logrado tanto como yo: todo el mundo y todos los mundos me sienten. Cuando el sol y todas las demás estrellas se hayan apagado, yo seguiré quemando, y todos los muertos y todos los vivos sentirán mi abrazo. Sean cuales sean los designios del cielo, la única certeza es que yo tendré la última palabra. Tanto orgullo no excluye la humildad: no soy nada si no me sienten, no existo sin el escalofrío de los demás; el frío también necesita combustible, mi combustible es vuestro sufrimiento, por los siglos de los siglos.»

Soporté valerosamente el frío, no sólo para compartir el destino de mi bien amada, sino también para rendir mi homenaje al artista universal.

Releo lo escrito con estupefacción: así, el que dentro de unas horas hará estallar un avión con un centenar de pasajeros dentro, cuando tiene ocasión de escribir sus últimos pensamientos cae en el más delirante de los lirismos.

¿Para qué cometer un atentado si es para acabar romantiqueando como cualquier principiante? Pensándolo bien, me pregunto si no habrá aquí una clave: aquellos que se lanzan a la acción directa esperan encontrar en ella la virilidad que les falta. El destino del kamikaze perpetuará el malentendido. Las madres iletradas sacarán pecho: «Mi hijo no era una nenaza, es el que ha secuestrado el Boeing de la Pan Am...» Menos mal que mis notas morirán conmigo, es el tipo de secreto del que vale más no presumir.

Evidentemente, es a Astrolabio a quien pretendo impresionar. Sé de antemano que no será así, me adelanto a mi fracaso con una estúpida valentía. A veces hay que actuar aun estando seguro de no ser comprendido.

Son las 10.45. Me satisface tener tiempo de continuar este relato en el que me siento a mí mismo. Sentirse bien es una ambición absurdamente exagerada teniendo en cuenta que sentir a secas resulta tan raro. Escribir convoca un importante segmento del cuerpo: constituye una aplicación física del pensamiento. Desde hace unas semanas, sé que voy a provocar una catástrofe aérea. La novedad es que lo escribo. Pues bien, escribirlo resulta mucho más intenso que concebirlo en tu cabeza.

Lo mejor sería escribirlo después. Por desgracia, no se puede escribir desde ultratumba. Todo el mundo lo lamenta. Probablemente no habrá supervivientes, así que nadie podrá contar cómo lo hice. Por lo demás, no es demasiado interesante.

Qué pesados son con sus medidas de seguridad de tres al cuarto. En realidad, sean cuales sean sus prohibiciones, siempre existirá un modo de secuestrar un avión. El único principio de precaución válido consistiría en suprimir la aviación. ¿Cómo no iba a soñar el terrorista de base con acceder, de un modo u otro, a esos fabulosos ingenios voladores? Terrorista de tren, de autobús o de discoteca, resulta lamentable. El terrorista aspira forzosamente al cielo: la mayoría de los kamikazes aspiran al cielo por partida doble, anticipando su estancia en el más allá. Lo de terrorista terrestre tiene un lado de marinero de agua dulce.

Ningún terrorista ha actuado sin un ideal, ideal atroz pero ideal al fin y al cabo. Que esos nubarrones sean pretextos no cambia nada: sin el pretexto, no existiría el paso al acto. El terrorista necesita esa ilusoria legitimidad, especialmente si se trata de un kamikaze.

Este ideal, ya sea religioso, nacionalista o de cualquier otra índole, siempre adopta forma de palabra. Koestler dice con razón que lo que más muertos ha causado sobre la tierra es el lenguaje.

Cualquiera que esté esperando una carta de la persona amada conoce el poder de vida o de muerte de las palabras. Mi caso se agravaba, ya que Astrolabio tardaba en escribirme: mi existencia pendía de un lenguaje que todavía no existía, de la probabilidad de un lenguaje. La física cuántica aplicada al epistolario. Cuando oía los pasos de la portera en la escalera, a la hora de repartir el correo, que deslizaba debajo de las puertas, experimentaba un trance parecido al del místico sometido a una prueba divina. Cuando identificaba el sobre como una factura o publicidad, experimentaba el rechazo en su plenitud, el rechazo brutal de Dios y, de repente, lo colmaba de no-existencia.

Si no hubiera residido en un edificio popular, no habría podido vivir aquella experiencia teológica vinculada al sonido de los pasos de la portera repartiendo el correo. Los que tienen que bajar hasta el buzón no conocen ese privilegio. No dudo de que su corazón lata con fuerza al abrir el buzón. Pero escuchar tu destino andando por la escalera produce una emoción inigualable.

A finales de enero se produjo el milagro: un sobre manuscrito se escurrió bajo mi puerta. Mis manos temblaron con tanta fuerza que me corté con el abrecartas. Durante la primera lectura, me resultó imposible respirar y, al finalizar semejante descubrimiento, sentí la tentación de prolongar la apnea. No es que el contenido me disgustara: la mitad de las frases me daban motivos para morir de alegría, mientras que la otra mitad me decapitaba.

Me sé de memoria el texto de la misiva. Reproducirlo aquí me afectaría demasiado. Astrolabio decía que no podía dejarse llevar por la turbación que le producía: ocuparse de Aliénor constituía un sacerdocio que no le permitía vivir una historia de amor. Abandonar a la escritora equivaldría a matarla.

Yo le producía confusión: no me lo esperaba. Y, sin embargo, aquel mensaje era peor que una negativa oficial. Estaba a punto de alcanzar mi ideal y una retrasada mental me lo arrebataba. El motivo era noble e indiscutible y, no obstante, me negaba a comprenderlo. Sentí deseos de estrangular a la subnormal de una vez por todas. ¡Así que tenía que sacrificarme por aquel desecho de la humanidad! ¿Acaso tenía conciencia de la felicidad que suponía vivir con aquel ángel? ¡Si una cazuela de puré bastaba para contentarla!

Le respondí en el acto. Tuve el sentido común de callarme los comentarios odiosos que deseaba dirigirle a la retrasada; si hubiera expresado aunque sólo fuera una ínfima parte, Astrolabio me habría borrado inmediatamente de su agenda. Escribí que el amor llama al amor: no tenía que elegir entre el amor que ella le ofrecía a Aliénor y el que yo le ofrecía. Podríamos vivir los tres juntos. Yo la ayudaría a cuidar de la escritora y la descargaría de una parte de sus obligaciones.

Redactando febrilmente aquellas frases, intentaba convencerme de que ése era mi deseo. La falta de sinceridad conmigo mismo saltaba a la vista: compartir la dama de mis pensamientos con la anormal no me atraía lo más mínimo. Imaginaba escenas grotescas: mi intimidad con Astrolabio interrumpida por una crisis de Dios sabe qué de la chiflada, una cena a la luz de las velas con Aliénor como tercera persona zampándose los pequeños platos sin darnos tiempo a probarlos, los mocos de la novelista pringando mis camisas, Astrolabio demasiado cansada para lavar a su amiga y rogándome sustituirla, la loca desnuda en la bañera con sus patitos de plástico...; no, mi grandeza de espíritu nunca alcanzaría semejante nivel. Yo era como todos: los anormales me daban miedo. Me sentía incapaz de superar aquel terror primitivo.

Esta vez, la carta de Astrolabio no tardó en llegar. Me contaba lo que yo fingía ignorar: hasta qué punto mi proyecto resultaba impensable. La cohabitación con una persona como Aliénor implicaba deberes y pruebas que no podía llegar a imaginar. Lejos de ayudarla, la presencia de una tercera persona constituiría una dificultad añadida.

Aquella frase fue como una puñalada: la tercera persona habría sido yo. ¿Cómo podía haber imaginado otra cosa? El vínculo que existía entre aquellas dos mujeres siempre sería lo primero. De entrada, experimenté respecto a la subnormal una envidia asesina. Sí, me hubiera gustado ser ella. No era ella la que sufría su incapacidad, era yo. De hecho, ¿qué me impedía imitarla? Yo también podía interpretar el papel de deficiente, no estaba lejos de serlo, como cualquiera que esté locamente enamorado. ¡Si era necesario para gustarle a Astrolabio!

En un estado de avanzado furor, le escribí una epístola abstrusa –a posteriori, me felicito de que el sentido de la misma no quedara claro–. No tenía derecho a tantas privaciones. Por supuesto, no era lo bastante pretencioso para creer que prescindir de mi amor arruinaría su existencia. Pero no podía negar los imperativos ya no del cuerpo sino del alma y el corazón: ¿cuánto hacía que no recibía esas palabras de absoluta turbación sin las que nadie puede vivir? Me sometería a sus condiciones. Fuera cual fuera, aceptaría el marco vital que me propusiera con tal de vernos. A la fuerza encontraría una manera de hacerla feliz, y su felicidad repercutiría en Aliénor (lo cual me importaba un bledo, detalle que omití). Había entendido que no viviríamos juntos; no por ello teníamos que dejar de vernos.

Fui a deslizar la carta en su buzón para que la recibiera más deprisa. Por el camino, me preguntaba cómo podía no sospechar que aquella chica, de la que no sabía casi nada, era la mujer de mi vida. Nunca había considerado a nadie como tal. La quería más allá de lo que era capaz de expresarle.

Luego me enclaustré en mi casa a la espera de que me contestara por la misma vía. Escuchaba una y otra vez *La muerte y la doncella* de Schubert para estar seguro de sufrir todavía más. Y lamentaba no fumar: consumirse los pulmones al mismo tiempo que el resto hace que el dolor resulte más coherente. Por desgracia, cada vez que intentaba fumar un cigarrillo, me parecía tan difícil como pilotar un avión.

Lo que acabo de escribir es idiota: pilotar un avión es mucho más fácil que fumar. De entrada, está menos prohibido. En ningún sitio se lee: «Se ruega no pilotar aviones.» Cuando conoces a alguien, si dices que eres fumador, el otro frunce el ceño; si dices que eres piloto de aerolínea, en cambio, te mira con consideración.

Dentro de un rato, tendré ocasión de demostrarle al mundo que un filólogo no fumador que trabaja en el área social de la compañía eléctrica es capaz, sin ayuda de personal de vuelo alguno, de dirigir un Boeing contra un objetivo determinado. Pero no nos anticipemos a los acontecimientos. Prefiero reproducir la nota que recibí:

> Zoilo:
>
> Nos veremos en el apartamento de Aliénor, en su presencia.
>
> Astrolabio

Aquella nota, tan gélida como el lugar en el que tendría derecho a verla, me llenó de alegría.

«En su presencia»: como lo que Astrolabio me proponía no era precisamente un trío, eso significaba que, en lo que respecta a la diversión, adiós a cualquier esperanza. Por más que me lo esperaba, no era una buena noticia. Pero podría verla. Vería a la dama de mis pensamientos. Ella me autorizaba a hacerlo. ¿Acaso no era ése motivo suficiente para ser el más feliz de los hombres? Acudí para ver lo que significaba el verbo «ver».

Lo vi. «Ver» significaba ser visto. El primer beso, del que me había hecho una idea celeste, dejó de seducirme desde el momento en que me di cuenta de que Aliénor nos estaba mirando. No parecía tener ninguna razón para no devorarnos con la mirada.

Le pregunté a Astrolabio si siempre era así cuando tenía un pretendiente. Me respondió que yo era su primer novio desde que cuidaba a la escritora. La mirada de la subnormal cortó de cuajo el orgullo que me inspiró aquella confesión.

–¿No podría mirar hacia otra parte? –pregunté.

–Es a ella a quien conviene dirigirse.

Respiré profundamente y me dirigí a la novelista lo más pausadamente posible:

–Aliénor, póngase en mi lugar. ¿No le molestaría que la observaran en un momento semejante?

Tuve la impresión de haber elegido la formulación más extraña posible. El rostro de la criatura expresó una sorpresa tan profunda como un pozo.

–Aliénor nunca ha tenido novio –dijo Astrolabio.

–Pero podría tenerlo, ¿no?

Mi bien amada carraspeó. Claramente, mi actitud estaba fuera de lugar. Sin embargo, yo la besé de nuevo, más para mostrar aplomo que por auténtico deseo. Entonces la escritora se levantó para observarnos desde más cerca. Vi sus enormes ojos fijos en mí e interrumpí toda actividad galante.

–No puedo –dije–. No puedo.

–La mirada de Aliénor es pura –protestó Astrolabio.

–Me gustaría creerlo. Pero eso no cambia nada. Lo siento.

–Lástima –dijo la joven–. Me estaba empezando a gustar.

–¿La mirada de una tercera persona no te molesta?

–¡Me tutea! –se maravilló.

–Sí. Y tú también vas a hacerlo, ¿verdad?

–De acuerdo. También tendrás que tutear a Aliénor.

Fruncí el ceño. ¿No había una confusión de

identidades entre aquellas dos chicas? Eso explicaría por qué el voyeurismo de la subnormal no perturbaba a mi bien amada.

Intenté entonces otras aproximaciones para engatusar a la que me impedía vivir una relación que nunca me había atrevido a esperar.

–He leído todos tus libros. Son refinados y demuestran que dispones de una inteligencia superior. ¿Por qué te comportas así cuando estoy con Astrolabio?

Estupefacción de la novelista. Silencio.

–Aliénor sólo comprende las cosas en el momento en que las escribe.

–Muy bien. ¿No podrías escribir cuando estoy con Astrolabio?

Silencio. Seguía esperando que mi bien amada respondiera en su lugar.

–Aliénor no escribe. Me dicta.

Acabáramos.

Habría necesitado una larga conversación con la dama de mis pensamientos para que me explicara su concepción de nuestra relación. Pero la perpetua presencia de su curiosa amiga impedía cualquier discusión íntima. Por otra parte, yo había aceptado someterme a sus condiciones; no podía echarme atrás sin romper con ella. Y la ruptura era lo que más temía.

Así pues, adopté el único comportamiento posible: aprendí a saborear lo poco que me daba. Cada tarde, después del trabajo, regresaba al apartamento polar y cenaba con las dos mujeres; me esforzaba por no fijarme en la manera como Aliénor ingería las espinacas y comentaba la jornada con Astrolabio, que me escuchaba con delicadeza, luego me sentaba con ella en el sofá en el que nuestros abrazos eran absorbidos por los ojos en forma de lupa de la subnormal. Como un novio de los de antes, me retiraba a las 23 horas y regresaba a mi casa en metro, desolado, frustrado y enamorado perdido.

El fin de semana, llegaba por la mañana. Presenciaba las sesiones de dictado, que me enseñaron a admirar a la escritora y que aumentaron mi estima por su devota acólita. Aliénor hablaba como la inspirada de Delfos y derramaba su pítica prosa ora lentamente ora convulsivamente. No entendía ni una palabra de lo que salía de su boca, era incapaz de comprender en qué idioma se expresaba. Al principio, creía que Astrolabio traducía simultáneamente; me aseguró que no: tomaba nota, al pie de la letra, de las elevaciones de la novelista. Yo elogiaba la excelencia de su sentido del oído.

–Es cuestión de acostumbrarse –dijo ella.

–Me gustaría que los americanos vieran vuestro tándem. Se burlan de la concepción que nosotros, los europeos, tenemos de la creación literaria: sostienen que, como materialistas que somos, nos convertimos en irracionales teólogos cuando se trata de inspiración. Por eso, contrariamente a nosotros, sostienen que la escritura se enseña.

–La escritura no se enseña, se aprende. Aliénor no demostró su arte de entrada. Ha trabajado su instrumento con constancia, leyendo aún más que escribiendo.

La subnormal leía mucho, pero, por desgracia, nunca en nuestra presencia: no disimulaba que le parecíamos interesantes y distintos a lo que habitualmente la alimentaba. En realidad, no nos observaba: nos leía.

La dama de mis pensamientos preparaba listas para la compra y yo la hacía por ella. Excepcionalmente, cuando le parecía que había anotado un número excesivo de artículos, me acompañaba. Entonces vivía momentos asombrosos: el supermercado me parecía ese saloncito idílico en el que personas de exquisita delicadeza no nos observaban cuando besaba a mi bien amada. Prolongaba al máximo nuestros encuentros en la sección de frutas y verduras, pero siempre llegaba el momento en que Astrolabio me interrumpía diciendo:

–Aliénor debe de estar preocupada.

Entonces me callaba: habría tenido demasiadas cosas que decir. No obstante, me consideraba feliz, ya que cualquier cosa era mejor que estar sin aquella mujer.

Por la noche, fuera cual fuera la calidad del

tiempo que hubiéramos compartido, siempre sufría por el hecho de tener que dejarla. Ni siquiera el envolvente y reconfortante calor del metro me consolaba. Prefería congelarme junto a Astrolabio.

El invierno aprovechó para recrudecerse e instalarse. Por más que alegué mi presencia, la joven se mantuvo intratable respecto a la cuestión de la calefacción, que no encendía por motivos económicos sin por ello permitir que yo pagara la factura.

–Tendría la sensación de que me quieres por caridad.

–No lo hago por ti, lo hago por mí. Me muero de frío.

–Vamos. Cuando me abrazas, quemas.

–Todo es relativo: simplemente estoy menos helado que tú.

Astrolabio llevaba en todo momento tres parkas y varias capas de pantalones, temibles armaduras de castidad bajo las cuales su cuerpo seguía siendo todo un enigma. Sólo conocía sus manos menudas y su rostro esbelto; cuando la besaba, su nariz estaba tan helada que me dolían los labios.

Temía el momento de la separación. Cuando la puerta se cerraba dejándome solo en la noche, pasaba de un mundo a otro. Cruzaba entonces un círculo de fuego. Los pensamientos que alimentaba en su ausencia eran abominables. Con gran intensidad, le reprochaba la norma que me había impuesto: sabía que era injusto por mi parte, ya que había declarado que lo aceptaría todo. El odio permanecía y se desbordaba por doquier: las dos mujeres ocupaban un volumen demasiado reducido para ser objeto de un rencor semejante.

Mi execración no tardó en convertirse en lo que es hoy; un rechazo puro y duro a la especie, incluso a mí mismo. Ésa es la razón por la cual un suicidio no me basta: en mi destrucción, tengo que incluir a un número considerable de humanos, así como una de las obras que constituyen el orgullo de esta raza.

Mi lógica es la siguiente: Astrolabio es, con gran diferencia, lo mejor que conozco del planeta. No es que tenga cualidades, tiene la cualidad. Y eso no le ha impedido tratarme con una crueldad castradora. Así pues, si incluso lo mejor de la humanidad cae tan bajo, acabemos de una vez.

De todos modos, será poca cosa comparado con el apocalipsis que necesitaba: sólo me cargaré una obra arquitectónica y a un centenar de individuos. No se le puede pedir más a un simple debutante. ¡Ojalá mi ensayo sea un golpe maestro!

Pero me estoy anticipando de nuevo a los acontecimientos.

Como Aliénor acababa de anunciar, alto y claro, que iba a aislarse para su «gran operación», aproveché la ocasión para decirle por fin a mi bien amada lo que me consumía por dentro:

–Cuando duerme, no te necesita. Podríamos estar juntos.

–Ya lo hemos hablado.

–Lo sé. Pero, mientras tanto, el deseo se ha vuelto insoportable, ¿no?

–Haberlo pensado antes. Yo ya te avisé.

–Si me desearas tanto como yo te deseo a ti, no hablarías así.

Suspiró. En momentos así, mi odio y mi amor por ella eran directamente proporcionales.

–¡Di algo! –protesté.

–Si lo hago, me repetiré: siempre estaremos en presencia de Aliénor.

–Muy bien. Vayamos a buscarla al lavabo.

–No seas vulgar, Zoilo.

–Sólo intento demostrarte lo absurdo de la regla.

–Dura lex sed lex.

–Nada te impide cambiar esa ley.

–Le prometí a Aliénor que nunca la dejaría sola.

–Me apuesto lo que quieras a que ha olvidado tu promesa.

–Yo no la he olvidado.

En aquel momento, deseé tanto matarla que ya no supe a qué santo encomendarme. Fue entonces cuando tuve la idea que, por lo menos momentáneamente, me salvó:

–La regla también es válida para ti. Si te propusiera una actividad a tres, ¿la aceptarías?

–¿Una actividad sexual a tres? –se inquietó.

–Por supuesto que no.

–En ese caso acepto, claro.

El júbilo me invadía. Se iba a enterar de lo que vale un peine.

–El próximo sábado llegaré a última hora de la mañana. No desayunéis demasiado.

–¿Tu actividad consiste en comer?

Reflexioné un momento.

–En cierto sentido.

–¡Fantástico! Aliénor y yo somos muy golosas.

–No puedo prometerte que sea demasiado bueno.

La novelista regresó del lavabo con una expresión de intensa alegría. Astrolabio le anunció que el próximo sábado yo les prepararía la comida. La anormal aplaudió. Empecé a ponerme nervioso.

–Traiga lo que traiga, os lo comeréis, ¿verdad?

–Por supuesto –protestó Astrolabio–. ¿Tan maleducadas crees que somos?

El día D, me presenté con grandes bolsas llenas a reventar, para no decepcionar a las dos jóvenes. En realidad, había rellenado aquel equipaje con cualquier cosa para dar mayor credibilidad a la versión del banquete. Lo cierto era que mi ofrenda cabía en tres pastilleros y un disco compacto: habría bastado con un bolsillo.

Puse el disco en el reproductor.

–¡Incluso has previsto la música de la comida! Qué refinado.

Los pastilleros de las jóvenes contenían un gramo de hongos psilocibios guatemaltecos cada uno. El mío había sido dosificado por partida doble: un veterano consumidor necesita lo que necesita.

–¿Qué es? –preguntó Astrolabio al recibir su cajita.

–Un aperitivo –respondí, cuando en realidad se trataba de la totalidad de la comida.

Abrieron los pastilleros y la escritora emitió un grito de éxtasis y durante un segundo me pregunté si era posible que supiera de qué se trataba.

–Tienes razón, Aliénor –comentó Astrolabio con entusiasmo–. Son tan bonitos, esos níscalos secos. ¿Podemos tomarlos así?

–Es lo recomendado.

Empezó el momento difícil, sobre todo para mí, que ya lo había practicado: curiosamente, un sabor asqueroso pasa peor cuando lo conoces. Necesité un coraje considerable para masticar mi dosis. Astrolabio hizo una observación de una educación admirable:

–¡Qué sabor más singular!

En cuanto a la novelista, rugió de deleite directamente. Pensé que era la primera vez que le daba hongos alucinógenos a una retrasada y que eso corría el riesgo de desconcertarme. Serví tres copas de vino, y las invité a beber. Procedieron y yo también, aliviado de enjuagarme la boca para limpiarla de aquella abyección. Es curioso: todas las setas son buenas, incluso las venenosas. ¿Por qué los psilocibios, que son con diferencia los más benéficos, son los únicos malos? Quizá de este modo la naturaleza previene a quienes van a consumirlo: cuidado, está usted a punto de vivir algo especial.

–¿Y el vaso de agua? –dijo Astrolabio.

–Es para que el principio actúe –respondí.

Debió de pensar que se trataba de un precepto dietético y no le dio mayor importancia.

Puse en marcha el reproductor. La música resonó. Sabía que pasaría por lo menos media hora antes de que empezaran a aparecer los primeros síntomas. Mi operación estaba tan cronometrada como el atraco a un banco. Sobre el suelo, desenrollé unas mantas.

–¿Preparas una orgía romana? ¿Vamos a comer tumbados? –preguntó la dama de mis pensamientos.

Respondí con una banalidad; la verdad es que mucha gente no se aguanta de pie cuando está colocada. Mejor acomodarse en el suelo.

–¿Qué música es? –preguntó.

–Aphex Twin.

–Es extraña, ¿verdad?

–Pronto ya no te parecerá extraña.

–¿Quieres decir que la comida será tan sorprendente que, en comparación, estos sonidos carecerán de importancia?

–La comida ha terminado. No he previsto nada más.

Silencio.

–Zoilo, me temo que has sobrevalorado la escasez de mi apetito.

–Los tres acabamos de ingerir hongos alucinógenos. El despegue se iniciará dentro de veinte minutos.

Me esperaba una bronca merecida: no se administran psilocibios a alguien sin avisarlo. Si había cometido esa acción imperdonable, era porque estaba convencido de que, si lo hubiera sabido, Astrolabio se habría negado. Y ya que no podíamos hacer el amor, quería compartir con ella una experiencia única.

–Aliénor, ¿te das cuenta? –se mostró encantada mi bien amada–. ¡Vamos a alucinar!

Les expliqué que el inicio sería desagradable, pero, a condición de no preocuparse, el viaje acabaría siendo sublime.

–¿Dónde consigues esos hongos?

–El nombre del camello no se da.

–¿Eres un buen cliente?

–Digamos que estoy acostumbrado.

Envidiaba la virginidad de las dos jóvenes. No tenían ni idea de lo que estaban a punto de descubrir. Yo, en cambio, tenía tantas experiencias de viajes buenos y malos que mi impaciencia se mezclaba con cierta resignación.

Aproveché mis últimos instantes en tierra firme para lanzarme en una diatriba contra el cambio de la ley holandesa en la materia. Estaba en la cima de mi indignación cuando vi que Astrolabio cambiaba de rostro y murmuraba:

–¡Vaya, vaya!

Enseguida le agarré la mano para escoltarla.

–No pasa nada. Cuando un avión despega, a menudo los pasajeros sienten vértigo. Aquí ocurre lo mismo, salvo que estás en un cohete: el malestar dura un poco más. Pronto llegarás al universo, verás la Tierra desde lejos.

Aliénor gimió a su vez. Astrolabio le cogió la mano y la tranquilizó a su manera. Formábamos una cadena.

Cuando llegaron las ganas de vomitar, me puse a tragar saliva como un condenado, con la eficacia habitual: la náusea no es más que la señal del éxito. Los rarísimos desgraciados a los que la psilocibina deja indiferentes no experimentan estas sensaciones preliminares. Les conté a mis amigas la transición de esta sensación detestable, magnífico salvoconducto hacia sublimes regiones.

–¿Ya has llegado? Cuenta –le dije a Astrolabio.

–El muro –se extasió ella.

Así designaba la pared blancuzca que separaba su apartamento del vecino y cuya antigüedad hacía temer un inminente derribo. Yo todavía no había llegado lo bastante arriba para ver lo que ella veía, pero podía adivinarlo: uno no imagina los tesoros que contiene una superficie blanca para quien ha abierto las puertas de la percepción.

Aliénor se tumbó sobre una manta.

–¿Va todo bien? –pregunté.

Asintió con una expresión iluminada y cerró los ojos. Existen dos escuelas: el viaje exterior y el viaje interior. La escritora pertenecía claramente a la segunda categoría. Eso me convenía, permanecería con los ojos cerrados, no tendría que soportar demasiado su presencia.

Astrolabio, por el contrario, abría unos ojos como platillos volantes. La alucinación hace que la fatiga resulte imposible y supe que si no intervenía, ella se quedaría admirando la pared de enfrente durante ocho horas. La incité a mirar otra cosa, en este caso un cojín azul Nattier que coloqué sobre sus rodillas. Fue en ese momento cuando se abrieron mis propias puertas y caí en el abismo de la contemplación con la misma intensidad con la que habría deseado sumergirme en mi bien amada. Me dispuse a guiarla para asegurarme de su connivencia:

–¿Habías visto alguna vez algo tan excesivo como este color? Sumérgete en él, siente cómo existe. Llénate de este azul Nattier.

–¿Nattier?

–Es un pintor francés del siglo XVIII. Creó este color. Imagina lo que es inventar algo así.

–Es tan hermoso –susurró ella.

–¿Por qué hablas en voz baja?

–Porque es tan hermoso que a la fuerza tiene que ser un secreto.

Me reí: entendía lo que quería decir.

La acompañé hasta el corazón del azul. La sutileza del color nos irradió de una alegría torrencial. Los dos hundimos la nariz en el cojín para dejarnos invadir mejor por aquel descubrimiento.

–Es como si nunca hubiera visto esta habitación –dijo Astrolabio. Es como si nunca hubiera visto nada. El azul del cojín: es como si nunca hubiera visto un color.

–Has recuperado la visión de las cosas de cuando tenías un año, dos años. En el metro, observa cómo los bebés miran a su alrededor: salta a la vista que están flipando.

–¡Y pensar que vivimos en medio de un esplendor semejante y no lo vemos!

–Ahora lo vemos, eso es lo importante.

–¿Por qué dejamos de ver al crecer?

–Precisamente porque crecemos. Aprendemos las duras leyes de la supervivencia, que nos obligan a concentrarnos en lo útil. Nuestros ojos desaprenden la belleza. Gracias a los hongos, recuperamos nuestras percepciones de niño.

–¿Ésa es la razón por la que me siento tan feliz?

–Sí. Imagina: somos felices como niños de dos años con una autonomía de adulto.

–No tengo que imaginarlo, lo estoy viviendo.

La besé. Miró mi rostro y rompió a reír.

–Hay palabras escritas por toda tu piel –dijo tocándome las mejillas.

–Léelas.

–No puedo. Son caracteres chinos. Pareces el pequeño Buda de oro.

La contemplé al tiempo que me contemplaba a mí mismo. Mirar a Astrolabio siempre me ha vuelto loco. Mirarla desde lo más profundo de mi viaje agravaba mi locura: más aún teniendo en cuenta que ella también flipaba y que eso saltaba a la vista: sus pupilas llenaban sus ojos, sus ojos llenaban su rostro, su rostro llenaba la habitación.

–¿Así que tú eres mi novio? –me preguntó con sorpresa.

–Eso espero. ¿Hay algún problema?

–No. Déjame observar de qué estás hecho.

Empezó a inspeccionarme, llegando hasta el extremo de mirar detrás de mis orejas. Su cabeza, convertida en una cosa enorme, se aproximaba regularmente a la mía, veía cómo su inmenso ojo entraba en mis fosas nasales, tenía la impresión de jugar a médicos con una giganta.

Me levantó el jersey y me auscultó por todas partes, pegando su laberinto auditivo sobre mi espalda, mi torso, mi vientre.

–Escucho ruidos increíbles –susurró en plena exaltación.

–Es el ruido del deseo.

Intrigada, siguió escuchando.

–Tu deseo suena como un lavavajillas.

–Sí, tiene multifunción.

Me bajó el jersey, decretando que la consulta había terminado. Constaté que el viaje no había disminuido la observancia de su abominable reglamento y se lo reproché en silencio.

Delante de nosotros, Aliénor se había convertido en su propio yaciente.

–¿Crees que está bien?

–Sí. Fíjate en lo plácidos que están sus rasgos. Ella es la más colocada.

–¿Por qué mantiene los ojos cerrados?

–Hace bien. Pruébalo.

Mi bien amada bajó los párpados y pegó un grito.

–¿A que sí? –comenté.

–Tengo una exposición de arte contemporáneo dentro de mi cabeza.

–Sí. Ya no hace falta ir a Beaubourg.

Abrió de nuevo los ojos, anonadada.

–Kandinsky, Miró, otros cuyos nombres he olvidado, ¿también tomaban hongos?

–Sí.

Empezamos la clásica conversación de los viajeros que aburriría a cualquiera que no hubiera viajado.

–¿Rothko también?

–Sí.

–¿Y Nicolas de Stäel?

–¡Por supuesto!

Cada nuevo miembro del club era saludado con una exaltación intensa, como un hermano; este tipo de diálogo podía prolongarse durante horas. Preferí interrumpir aquella letanía para llamar la atención de Astrolabio sobre el fenómeno principal:

–Y ahora voy a enseñarte lo más hermoso que hay en esta habitación.

Me senté, le rogué que se uniera a mí y señalé

el suelo, que habitualmente era una birria. Pegó sus ojos a él.

Emitió un grito de admiración. Sin embargo, quise asegurarme de que nuestra visión era la misma:

–¿Ves lo que yo veo?

–Es hielo. Es un lago helado –dijo.

–Eso es.

–Veo una película de hielo perfectamente transparente y, debajo, un mundo sumergido de una belleza mortal.

–Cuenta, cuenta.

–Petrificadas en el hielo, hay flores nunca vistas, cariátides de pétalos, el frío las ha fulminado con la fuerza de un rayo, no parecen ser conscientes de su traspaso, fíjate, da la impresión de que intentan perforar el hielo, de que el pelo de los muertos sigue creciendo, estas flores quizá sean la cabellera de una difunta, sí, lo veo, Zoilo, acércate, ¿lo ves?

–No.

–Sí, fíjate, allí, entre las columnas de mármol.

–¡Es la Artemisa de Éfeso!

–¿Ese templo no había desaparecido?

–¡Sí! Tú y yo sabemos dónde está: ¡debajo del suelo!

–¿Y a ella, la ves?

–No. No podemos ver exactamente lo mismo. Ya es fabuloso que los dos distingamos el templo de Artemisa. Lo que demuestra que está realmente aquí.

–Por desgracia, lo olvidaremos.

–No. No olvidaremos nada de lo que hemos visto en el transcurso de este viaje.

–No veremos más lo que vemos ahora.

–Es verdad. Pero lo recordaremos, y ya no veremos las cosas igual que antes.

–¿Cuál es la misteriosa comunicación entre Éfeso y un apartamento miserable del barrio de Montorgueil en París? ¿Por no hablar del vínculo que puede unir el siglo v antes de Cristo y nuestra época?

–El vínculo es nuestra mente. Estamos presocráticamente destinados el uno al otro.

Se rió y volvió a sumergirse en la contemplación de aquel universo inimaginable.

Me quedé solo. Lo que había dicho era el fondo de mi pensamiento. Un doble presocrático, eso me parecía mucho más fuerte que un doble platónico. Platón: él también había tomado lo suyo. El mito de la caverna, aquello se parecía demasiado al relato de un viaje. Pero había sacado conclusiones tramposas que yo desaprobaba.

¿Cómo aceptar la teoría amorosa de un tipo que separa el alma del cuerpo, los jerarquiza, y que además lo jerarquiza todo en la sociedad? Antes de Sócrates, el amor debía de ser otra cosa.

Observé a mis dos viajeras. Una, en posición de oración musulmana, con los ojos muy abiertos, admiraba el mundo debajo del hielo. La otra, tumbada de espaldas y con los párpados cerrados, exploraba su riqueza interior.

Había que admitir que Aliénor nos superaba. A ambas les había administrado una dosis recreativa de psilocibios. La escritora, sin embargo, reaccionaba como si hubiera ingerido cuatro veces más: había alcanzado lo que se denomina estado psicodélico. Astrolabio vivía una recreación sublime; Aliénor creaba una realidad irreconocible.

Aphex Twin acabó una canción y empezó la siguiente: *Zigomatic 17*, cuyas cortocircuitadas sonoridades esbozaban un electroencefalograma en forma de baobab sonoro, y de repente supe quién era Aliénor Malèze, y pronuncié las siguientes palabras voladoras, Aliénor, eres un baobab, ésa es la razón por la cual permaneces inmóvil, los primeros habitantes de África probaron todos los árboles y cada uno tenía su utilidad: uno quemaba bien, el otro servía para hacer buenos arcos y buenos utensilios, el otro ganaba al ser masticado durante horas, el otro crecía tan deprisa que cambiaba el disfraz del paisaje en tan sólo un año, el otro, si lo raspabas, servía para especiar las carnes, el otro para lavar el pelo, el otro devolvía la virilidad a quien la hubiera perdido en una cacería, el baobab era el único que no servía para nada, y no era porque no se hubiera experimentado con su madera, qué hacer con un árbol inútil, en realidad, qué hacer con cualquier cosa inútil, árbol u hombre, pues decretar que es sagrado, ésa es su utilidad, sirve para ser sagrado, prohibido tocar el baobab, es sagrado, necesitamos cosas sagradas, ya sabes, el viejo truco del que no comprende nada pero que ayuda a no se sabe qué, ayuda, si tu corazón está angustiado, ve a sentarte a la sombra del baobab, aprende de él, sé grande e inútil, crea una red de ramas sin más idea que la de la proliferación, ningún árbol de África es tan inmenso como el que no sirve para nada, eso es, lo has entendido, lo grande es inútil, necesitamos grandeza porque es absoluta, es una cuestión de tamaño y no de estructura, si el baobab mengua prodigiosamente, se convierte en brócoli, el brócoli puede comerse, el baobab es el brócoli cósmico del que hablaba Salvador Dalí, Aliénor, en cambio, es la versión humana del fenómeno, sus dimensiones están a medio camino entre el baobab y el brócoli, es la razón por la cual sus escritos producen tanta fascinación.

–¿Qué demonios estás diciendo? –dijo Astrolabio.

Así que era yo quien había hablado, escuchaba una voz, la sigo escuchando, Astrolabio, ¿no oyes los latidos de mi corazón?, ¿deseas sumergirte en el ruido sordo que late dentro de mí?, ¿quieres abrazarme con todo tu cuerpo y dejarme oír la música de tu catedral?

Te tiendo la mano, la tuya está tan fría que no tengo palabras, intento hacerte entrar en calor, rodeo tu cuerpo acurrucado con mis brazos y mis piernas, como un soplador de vidrio, soplo sobre ti con mi aliento tibio, a nuestro alrededor creo una burbuja, ya formas parte de mi abrazo, que lleva eternidad como anagrama, ya habrás observado que el tiempo no existe, en pleno viaje, un minuto, una hora, un siglo son sinónimos de verdad, abrázame con tus piernas y tus brazos como he hecho yo, somos una burbuja humana, esta canción se titula *Zigomatic 17*, hace un milenio que dura, voy a hacerte cosas interesantes que te devolverán el calor, no te preocupes por Aliénor, se puede hacer el amor en presencia de un baobab, a los brócolis gigantes no les molesta, igual que tú, tengo la carne de gallina, de deseo pero también de frío, estoy acostumbrado, el viaje da mucho frío, es para que recordemos el sentido de la vida, en el universo sólo reinaría la infinita ley del frío si no hubiera explotado la chispa que engendró la existencia, el mundo no es más que este eterno conflicto entre frío y calor, muerte y vida, hielo y fuego, nunca hay que olvidar que el frío precedió al calor, por eso es el más fuerte, un día nos ganará la batalla, mientras tanto hay que vivir y combatirlo, eres la nieve que voy a hacer que se derrita.

Incrédulo, consigo desnudarla, resulta tan fácil descubrir la belleza, sólo hay que quitarle la ropa, por desgracia enseguida se me desvela el problema, Astrolabio es de piedra, sin metáfora, deberías haberme avisado de que eras una estatua, ella se mira, se toca, qué me ha ocurrido, habitualmente no tengo este cuerpo, ¿todo es así?, sí, estás hecha de piedra por todas partes, se ríe, a mí no me parece gracioso, me pregunta si alguna vez he hecho el amor bajo los efectos de un hongo, no, pero tengo amigos que han sido capaces de hacerlo, tiene que ser posible, me pregunta si eso es estar *stone*, supongo que sí, resulta terrible aprender en semejantes circunstancias la realidad de una expresión, la acaricio con la esperanza de lograr que la carne regrese a su cuerpo, Astrolabio sólo consigue endurecerse todavía más, parece increíble que pueda ser tan dura, se da puñetazos en el vientre, con estupefacción, me dice que no siente nada, salvo un dolor en el puño, soy una estatua de hielo, concluye.

Desesperado, la abrazo con fuerza, durante cuánto tiempo durará su dureza, ésta es la cuestión, Astrolabio, en pleno viaje, el tiempo no existe, si estás *stone* durante diez minutos es como si lo estuvieras durante diez horas, diez meses, estamos encerrados en un espacio de no-tiempo, es fantástico cuando eres muy feliz y es infernal cuando sufres, el secreto consiste en no sufrir, pero cómo dejar de sufrir cuando estás al límite del deseo y el otro es una piedra, se ríe, tu plan era un fiasco, pobre Zoilo.

Su risa me consterna, comprendo que no siente pena, incluso puede que esté disfrutando, estoy solo con mi frustración, si ella me ama, me ama como aman las estatuas de hielo, contemplo su belleza inaccesible, si la muerte puede con nosotros, si cedemos a sus encantos, es porque es hermosa y porque resulta imposible hacerle el amor.

La canción *Zigomatic 17* termina. Por consiguiente, mi estúpida tragedia ha durado ocho minutos. La música es el reloj de arena del viaje. Lo he perdido todo en ocho minutos que me han parecido un año.

Astrolabio vuelve a vestirse y me aconseja que haga lo mismo. Vuelvo a ponerme mi armadura de lamentaciones. Me dice que no me preocupe, que compartimos algo. Hay intentos de consuelo que multiplican el dolor. Me callo.

En realidad, la hora de compartir ha pasado. Astrolabio se acurruca en el sofá y se sumerge en la contemplación de un embalaje doméstico que parece producirle un efecto intensísimo. Aliénor, que no se ha movido un pelo, debe de estar comunicándose con el Gran Espíritu.

Nos miro. Somos tres occidentales, cada uno flipando por su lado. No comunica quien quiere sino quien puede.

Hace un rato, debajo del suelo, Astrolabio y yo divisamos la Artemisa de Éfeso sumergida en el agua helada. Nuestra visión era casi idéntica: mi bien amada distinguía una mujer bajo el hielo. Era ella misma.

Siguieron unos pensamientos de una extraordinaria intensidad. He vivido suficientes *bad trips* para desconfiar de dicha expresión. Si no nos hubiéramos convertido en una pandilla de nenazas, a todos nos encantaría vivir esos viajes hasta los confines del infierno. ¿Por qué calificar de malas esas idas y vueltas por la gehena? La simple idea de regresar debería atemperar este adjetivo. Además, lo proclamo, la experiencia infernal se merece el rodeo.

Lo que denominamos *bad trip* consiste en ver las cosas claras. Mi primer *bad trip* tuvo lugar en el metro. De repente, percibí la fealdad que me rodeaba. Sin embargo, no la había inventado yo, ya estaba allí antes. Pero me había protegido de su existencia a través del filtro del pasotismo ordinario. Recuerdo que la fealdad del mundo alcanzaba su máxima expresión en la corbata del tío que iba sentado enfrente de mí. No se trataba de una visión: aquella corbata habría podido poner los pelos de punta a la humanidad entera si ésta le hubiera prestado un poco de atención. Recuerdo haberme impedido a mí mismo ordenarle al sujeto en cuestión que se quitara la corbata para tirarla por la ventana del vagón. «Créame, es por su propio bien», le habría dicho. También habría sido por el mío propio. El repulsivo estampado de aquella corbata me oprimía, me torturaba, hacía que el apocalipsis me pareciera una causa justa siempre y cuando se llevara por delante aquel trozo de tela.

¿Acaso no tenía razón? ¿Cómo hemos llegado a estar tan ciegos para que la fealdad nos resulte soportable? «¡Vamos, cada uno tiene sus gustos! ¿Y si a ese hombre le gustaba su corbata?» Eso es lo que se piensa cuando no se está bajo los efectos de los hongos. Cuando estás colocado, en cambio, dinamitas ese tipo de palabrería. Llevar una corbata así es un insulto, un atentado, un acto de desprecio, semejante comportamiento destila odio, eso es, ese tipo me odia, odia al género humano.

El *bad trip* es ese ejercicio de lucidez que nos desvela el infierno contenido en la corbata de un usuario del metro. ¡Con el tiempo que hace que nos aseguran que el infierno está en la tierra, que el infierno son los otros! Por fin una confirmación fiable. El infierno ni siquiera son los otros en su totalidad: con una corbata basta.

En realidad, no existe ninguna diferencia entre el *bad trip* y el *trip* a secas: todo consiste en ver claro. Llorar de felicidad ante el azul Nattier del cojín es una actitud tan fundada como sufrir el martirio al ver una corbata atroz.

Si el horror del accesorio masculino me había crucificado hasta este extremo, imaginen el grado absoluto de dolor que me causaba mi fracaso sexual con Astrolabio.

Tenía reproches para todos: para mí, para Aliénor, para los psilocibios guatemaltecos, para la compañía eléctrica, para el cuerpo pétreo de mi bien amada, *last but not least*, para su risa. «Tu plan era un fiasco, pobre Zoilo.» Aunque no fuera culpa suya, los reproches a Astrolabio eran los más intensos. Sí, mi plan era un fiasco. ¿No era ése motivo suficiente para maldecir mi suerte? Ella, en cambio, se reía.

Fue entonces cuando mi destino dio un giro: Astrolabio era lo más elevado que había creado el universo; si incluso esa élite era capaz de comportarse así, yo destruiría el mundo. Como, por desgracia, carecía de los medios para hacer que el planeta volara por los aires, elegiría un objetivo tan desmesurado como mi repugnancia.

Desde el 11 de septiembre de 2001, nadie alberga dudas sobre la mejor manera de hacerle daño a la humanidad de un modo eficaz. ¿De verdad resulta indispensable que cada día tanta gente vuele de ciudad en ciudad? ¿No se trata más bien de ir provocando al perturbado que late dentro de nosotros? Esos aviones que nos provocan sin cesar pasando por encima de nuestras cabezas, ¿cómo no íbamos a soñar con secuestrarlos y dirigirlos hacia un edificio cuya destrucción nos llenaría de satisfacción?

Sólo me quedaba completar el plan. Cuando estás colocado, las complicaciones de la realidad se superan como por arte de magia: no me planteaba mi inexperiencia en materia de pilotaje. Eso quedó resuelto con una simple frase: yo no era más estúpido que los del 11 de septiembre de 2001. En cuanto al blanco elegido, me mostraría mucho más ambicioso.

Astrolabio tenía que sentirse blanco de mi ira. No, no estrellaría un Boeing contra el pequeño apartamento del barrio de Montorgueil. ¿Por qué no un nido de pájaros, ya puestos?

Soy parisino. En el extranjero, o sea más allá del cinturón periférico, he visto edificios magníficos. Pero no forman parte de mi imaginario. Ésa fue la razón por la que descarté el Taj Majal, que, como símbolo de amor, hubiera sido perfecto.

Ya que necesitaba un objetivo parisino, pensé en dar muestras de buen gusto limpiando la ciudad de sus pústulas: no pensaba tanto en la Torre Montparnasse como en esas auténticas abyecciones que son el Sheraton Montparnasse o, colmo de lo absurdo, la Torre Jussieu, recientemente sometida a tareas de desamiantización cuando hubiera resultado mucho más sencillo y económico derribarla.

Escrupuloso, me preocupaban los daños colaterales: en el caso del Sheraton, corría el riesgo de alcanzar el cementerio de Montparnasse, y como todos los asesinos que se precien, respeto más a los muertos que a los vivos; ¿y cómo pulverizar la Torre Jussieu sin cargarse el Jardin des Plantes, por el que tanto afecto siento?

Además, no había que dejarse vencer por esa tentación del bien. Se trataba de hacer daño, no de seducir a la opinión pública. Por otro lado, si de verdad deseaba que mi acto estuviera vinculado a Astrolabio, tenía que destruir algo hermoso.

¿Acaso se destruye otra cosa? No existen ejemplos humanos de atentados contra la fealdad. No es lo bastante apasionante para justificar tanto esfuerzo. Lo extremadamente feo sólo suscita una indignación estéril. Sólo lo sublime monopoliza el ardor necesario para su degradación. El monje de Mishima incendió el Pabellón de Oro y no una de las modernidades que ya desfiguraban Kioto. Es la aplicación arquitectónica del «Cada uno mata lo que ama» de Wilde.

No son cosas hermosas lo que faltan en París. Descarté el Louvre, demasiado grande. Además, ¿cómo elegir entre el pabellón de pintores flamencos y el de escultura griega? Un montón de ideas me pasaron por la cabeza: los Jardines del Palais-Royal, el Observatorio, la Torre Saint-Jacques, Notre-Dame, pero siempre me parecía que no tenía sentido. Necesitaba un monumento que, de un modo u otro, me llevara a Astrolabio.

¿Y si se lo preguntara?

–¿Hay algún edificio en París con el que te sientas identificada?

Astrolabio me miró y reflexionó. Estaba lo suficientemente colocada para que la pregunta no le pareciera descabellada. Sus pupilas archidilatadas se le salían de los ojos, suaves en aquel momento.

–Claro. ¿No lo adivinas?

–No lo sé. ¿Las catacumbas?

Soltó una carcajada.

–¿Cuál es el edificio en el que el alfabeto juega el papel más relevante? –preguntó.

–Ni idea.

–Piensa en la letra A.

Cuando estás colocado, pensar en una letra equivale a enfrentarse a un imperio. Sobre todo si se trata de la A, la menos inocente de las letras. Una alucinación en forma de vocal negra me invadió la cabeza con un sonido inmenso; la tonalidad del teléfono se prolongó en un AAAA eterno, bosques de A caminaban con paso firme sobre ambas piernas, esgrimiendo exóticos cuchillos en forma de A. Algunos kris de Malasia son A; prestigiosas armas que no sirven para matar a cualquiera. Al común de los mortales te lo puedes cargar con un vulgar estrangulamiento; sólo los príncipes merecen ser asesinados con un kris en forma de A puntiaguda.

No sé durante cuánto tiempo me acaparó la famosa vocal. Astrolabio debió de cansarse, y retomó la palabra:

–No es tan difícil. La letra A inspiró el edificio más famoso de París.

–¿El Arco de Triunfo?

–¡No, hombre! La Torre Eiffel. Es una A.

Abrí unos ojos como platos, como si acabara de descubrir el mundo.

–Es increíble el número de parisinos que ignoran el origen del emblema arquitectónico de su ciudad –dijo–. Gustave Eiffel estaba locamente enamorado de una mujer llamada Amélie. De ahí su obsesión por la letra A, que domina París desde hace más de un siglo.

–¿Es verdad?

–Por supuesto. Si esa mujer se hubiera llamado Olga, el símbolo de París por excelencia tendría un aspecto muy distinto.

Astrolabio se tumbó en el suelo junto a Aliénor y cerró los ojos. Las yacientes del viaje desaparecieron juntas en su diálogo con el Gran Espíritu.

Me quedé solo, aturrullado por aquella información. Yo, que temía que mi acto de destrucción careciera de sentido, supe, con embriaguez y terror, hasta qué punto mi proeza iba a sellar la alianza entre lo simbólico y lo real.

En aquel momento el proyecto se me apareció en su dimensión más psicodélica: simplemente secuestraría un avión y lo estrellaría contra la Torre Eiffel, para abolir esa letra A que me remitía a Astrolabio y a Aliénor. Hay acciones en las que uno se reconoce mejor que mirándose en el más perfecto de los espejos.

Tendría que superar algunas dificultades técnicas, es cierto. Ya pensaría en ello más adelante, ahora no me interesaban demasiado. La idea de destruir la Torre Eiffel me producía una enorme exaltación, ya que aunaba significado y belleza:

¿acaso hay algo más hermoso que la Torre Eiffel? La adoraba desde siempre, sin saber siquiera que se trataba de una construcción de amor. Conocer su historia íntima me hacía quererla aún más. ¡Menudo tipo, ese Gustave Eiffel, integrar el amor de su vida en la obra de encargo más importante de su existencia!

Yo haría lo mismo pero al revés: integraría el amor de mi vida en el mayor acto de destrucción de mi existencia. Mi única pena es que no podría presenciar desde el exterior el instante espléndido en que el avión haría volar por los aires a la dama de hierro. Pero nadie vería lo que yo vería: la torre, pequeña al principio, y luego cada vez más inmensa, acercándose cada vez más hasta besarnos, el beso más violento de la historia de los besos, en fin, un beso de la muerte digno de llamarse así.

De entrada, supe que lo más difícil no sería dominar a la tripulación ni aprender los rudimentos de pilotaje. La única apuesta sería resistir: no despertarme al día siguiente pensando que mis resoluciones de la víspera eran el fruto de un delirio. Para evitar el riesgo del aterrizaje, me repetí la siguiente frase clave: el viaje es el que está en lo cierto. Tendría que repetirla sin tregua cuando los síntomas empezaran a desaparecer.

Me ayudaría a conseguirlo el hecho de haberlo creído siempre: fuera del viaje, uno nunca tiene razón. En ayunas, cuando nuestro estado mental puede calificarse de normal, nuestro cerebro adulto produce banalidad a mansalva, en vano encontraríamos hermosura, honor, una chispa de grandeza o de genio dignos de enorgullecer a la especie. Ni siquiera el amor es capaz de arrancarle al alma más que los bien llamados fulgores: cortocircuitos de algunos segundos. La embriaguez, en cambio, únicamente resulta interesante durante diez minutos. El tiempo restante sólo son ineptas borracheras.

El viaje dura ocho horas. Semejante lapso de tiempo te permite crear, reflexionar, actuar en el sentido absoluto de cada verbo. Eso sin contar que ese tercio de día no puede cuantificarse siguiendo los criterios habituales y da la impresión de extenderse a través de períodos proustianos. El recuerdo medio de una jornada tiene el peso de un cabello; el recuerdo del viaje es un ovillo que uno tarda toda la vida en desenredar.

La actividad mental ordinaria es un insulto a la inteligencia y no merece llamarse pensamiento. El viaje no engaña al desenseñarnos lo banal y restituirnos el impacto original de cada cosa.

En mi historia había demasiadas mujeres cuyo

nombre empezaba con la letra A: Astrolabio, Aliénor, Artemisa y su templo, la Amélie de Eiffel y su torre. La primera vocal, de la que Rimbaud subraya el lado oscuro, no aparecía allí por azar. La A gigante que dominaba París recibiría el impacto de mi deseo.

Nadie podría decir que mi amor por Astrolabio no conocería su ensordecimiento. El acto sexual que me había sido negado en la habitación, lo consumiría sobrevolando la ciudad a baja altura.

Hacia las 20 horas, las dos jóvenes aterrizaron de un excelente humor. Aliénor parecía especialmente feliz, y me abrazó efusivamente: sufrí los besos del labio leporino esperando los de Astrolabio para resarcirme. Ella, en cambio, se mostró más moderada.

–¿Te ha gustado? –le pregunté.

–Mucho. Aunque tus intenciones fueran discutibles.

La idiota no sabía que aquellos comentarios reafirmaban mi decisión. Hubiera querido decirle que gustarme era una bendición, una rareza de la que ella debía mostrarse digna. Se habría reído en mis narices.

En el bar de enfrente, un cuscús puso las cosas en su sitio. Las chicas descubrieron el increíble placer de comer estando de bajón. Al fin limpios de las culpas y prohibiciones que los mutilan desde hace milenios, los alimentos, cual felices ranas, saltan a la boca. Parece increíble que uno pueda sentirse pesado a causa de semejante práctica. Comer sólo es un juego.

Participé con menos entusiasmo que mis amigas. Resulta difícil tragar cuando tienes un avión dentro del estómago. Yo, que temía no mantenerme firme en mi resolución, descubrí entonces que mi decisión no dejaba lugar para nada más. No sería libre hasta que hubiera llevado a cabo ese acto: me sentía programado como una bomba de relojería.

No sería el comportamiento de Astrolabio lo que me disuadiera. Contaba su viaje con un entusiasmo que me parecía necio. Por más que supiera que todos los neófitos se comportan así, eso no me inspiraba ni empatía, ni indulgencia.

Nunca le reprochas tanto a alguien como cuando no tiene ninguna culpa. Consciente de la injusticia de mi rencor, decidí no ya romper, lo que le habría proporcionado vigor a mi pasión, sino distanciarme de ella. «Me apuesto lo que sea a que ni siquiera se dará cuenta», pensé.

¿Para qué complicarse la vida? Unos años antes, había conocido a un tal Maximilien Figuier, piloto comercial. Le llamé y, a bocajarro, le pregunté cómo se pilotaba un Boeing 747.

Me respondió con la mayor sencillez del mundo. Tomé nota de lo que me contó. Recapitulé en voz alta esas informaciones antes de hacer la siguiente pregunta:

–Con las precisiones que acaba de darme, ¿cree que yo sería capaz de pilotar ese Boeing?

–No. Unas cuantas sesiones en un simulador de vuelo no le vendrían mal.

–¿Dónde puedo encontrar ese simulador?

Me dio las señas.

–¿Quiere convertirse en piloto comercial? –preguntó con una punta de ironía.

–No. Estoy escribiendo una novela y mi protagonista prepara un secuestro. Gracias, Maximilien.

¿Para qué darle más vueltas? Llamé al tipo del simulador de parte de Maximilien Figuier. La idea de participar en la escritura de una novela le pareció divertida, me propuso que fuera a visitarle. Mientras me explicaba las maniobras en el simulador, fui tomando nota. En un momento dado, me quitó el bolígrafo de la mano y corrigió una falta de ortografía que acababa de cometer.

–Cuando publiques tu libro, no olvides incluir mi nombre en la lista de agradecimientos –concluyó.

Hacer daño está al alcance de cualquiera; basta con decir gracias a aquellos que te van a ayudar a hacerlo.

Bastien –el nombre del tipo en cuestión– no me dejó marchar sin darme cita para ejercitarme solo con el simulador:

–Si no lo haces, se notará demasiado que tu personaje no tiene ni idea. No hay que ser chapucero en eso.

Me encantó el ímpetu de solidaridad humana que despertó mi iniciativa. Por supuesto, aquella gente ignoraba que estaban ayudando a un criminal. Si lo hubieran sabido, ¿se habrían comportado de un modo distinto?

Bastien tenía razón: sin la práctica, mis notas habrían resultado de escasa utilidad. Me lo enseñó el simulador de vuelo. Yo, que nunca me había enganchado a los videojuegos, estaba de lo más atrapado.

Aquellas sesiones no me convirtieron en un piloto comercial. Pero, para mi misión, justificada o injustificadamente, a partir de entonces tuve la impresión de estar a la altura.

Una vez comprado mi billete para hoy, he mirado el dinero que quedaba en mi cuenta corriente: unos 4.000 euros; no era para vivir como un millonario durante la semana que me quedaba pero sí lo suficiente para despilfarrar.

Invité a Astrolabio y a Aliénor a comer a la Tour d'Argent. Así no me moriría sin antes haber probado el famoso pato a la sangre.

–¿Te ha tocado la lotería? –me preguntó la dama ya menos presente en mis pensamientos.

–No. Os debía una comida. El día de los hongos no comimos.

–De todos modos, la Tour d'Argent..., no reparas en gastos.

Nuestra mesa estaba cerca de la ventana y se la mostré con la barbilla.

–Es el único restaurante de París con vistas a Notre-Dame.

Se quedó mirando durante un largo rato antes de decir:

–Es verdad que todavía es más hermosa desde atrás.

Sin una pizca de afectación, me había vuelto más distante con Astrolabio. Amarla ya no me hacía sufrir. Eso afectó positivamente a mis modales. Ella lo notó.

Luego me propuso que las acompañara hasta su casa. Decliné la invitación. Ella no protestó, pero sentí que mi rechazo la entristecía. Pensaba con ironía que si me hubiera ofrecido aquella misma decepción un mes antes, me habría sentido inundado de alegría y la Torre Eiffel no tendría los días contados. Ahora era demasiado tarde: la pena de Astrolabio ya no me afectaba.

Las mujeres siempre aman a contratiempo.

Ayer por la mañana, recibí la siguiente carta de Astrolabio. La saco de mi bolsillo para copiarla:

Zoilo:

Has cambiado. Lo lamento y no te lo reprocho. Tus motivos tendrás. Lo que interpretaste como frialdad era el inquieto reflejo de una mujer que se descubría amada más allá de lo esperado. No es que no me gustara, al contrario. Pero el arte de saber recibir diamantes con elegancia no se enseña en ningún sitio y yo, igual que cualquier otro, no dispongo de esa ciencia. Si te he perdido, cedo y te agradezco los diamantes del pasado. Si queda la más mínima esperanza de que regreses a mí, te espero y te prometo quizá no ser más hábil pero sí, por lo menos, no disimular la bienaventurada turbación que te debo.

Tuya,

Astrolabio

Existen dos maneras de leer un mensaje así: o bien ponerte a llorar ante tanta belleza, o bien ponerte a reír ante tanto grotesco. Dentro de mí queda el suficiente amor para que esas palabras hagan estallar mi cabeza como si de un tapón de champán se tratara. Pero también la suficiente desilusión para atisbar su posibilidad de ridículo. Uno no es realmente indulgente hasta que está locamente enamorado; cuando empiezas a querer un poquitín menos, acaba pudiendo más la cabronada natural. Oscilo entre esos dos estados de ánimo.

Al mismo tiempo, haber vuelto a copiar esa nota tiene sus consecuencias. Volver a copiar es activar el poder de las palabras. Una partitura conmueve más cuando se interpreta que cuando se lee.

Siento que mi resolución se ha visto afectada por ello. Maldita Astrolabio, no me doblegaré. Sé perfectamente que resultaría fácil renunciar a mi proyecto; bastaría con abandonar el aeropuerto, regresar a tu lado, y creo que, en esta ocasión, la presencia de tu novelista retrasada no me impediría alcanzar mis objetivos. Has alcanzado el estado que era el mío este invierno, no me negarías nada. Deseé tanto tenerte así, deseé tanto verte tan convulsiva como yo.

Pero apretaré los dientes, haré oídos sordos a esa efusión que me impulsa hacia ti. Lo que llega demasiado tarde es indigno, eso es todo. Además: me juré a mí mismo que resistiría. Ulises resistiéndose a los cantos de sirena me comprendería. El problema de las sirenas es que no cantan nunca en el momento adecuado.

Va llegando la hora. Voy a ir a los lavabos del aeropuerto con mi bolsa. En la tienda libre de impuestos, he comprado una botella de Cristal-Roederer. Pueden preguntarse por qué elegí esa marca: para el uso que pensaba darle, era conveniente la máxima calidad de champán. Me pareció que mis víctimas merecían ser borradas del mapa con un producto de alta gama.

Romperé la botella sobre la taza del retrete y recogeré los cascos más grandes, también el gollete, que podré sujetar bien, se convertirá en mi mejor arma. Será una lástima despilfarrar ese champán, pero lo primero es lo primero. Ni hablar de beber ni siquiera un sorbo: necesito tener la mente despejada. De todos modos, el néctar no estará lo bastante frío.

Astrolabio era el único champán lo bastante frío para mí. Mala suerte. Moriré sobrio.

Cuando el avión haya despegado, tendré que dirigirme a la cabina con el gollete y degollar inmediatamente a los pilotos. Lo he estado pensando: como ignoro si seré capaz de llevar a cabo un acto semejante, la única solución es actuar sin pensar. La más mínima preparación psicológica me dejaría sin fuerzas.

El gesto no debe de ser muy complicado: lo he visto cientos de veces en el cine y lo he repetido mil veces ante el espejo. Lo importante será no pensar en nada. Por eso tengo previsto tener en la cabeza, en ese momento, el *Viaje de invierno* de Schubert, porque no existe ninguna relación entre el acto y la música.

Cuando todo haya terminado, tomaré el mando del aparato. Puedo sentir la satisfacción que me producirá: tendré la oportunidad de comprobar la validez de las clases de Maximilien Figuier y de mi entrenamiento en el simulador. En cualquier caso, todo acabará con una catástrofe aérea. La Torre Eiffel es mejor y menos banal que un hotel de tercera categoría en Gonesse. En el fondo, ¿será verdad esa historia de la letra A?

La puerta de la cabina quedará cerrada por dentro. A bordo de ese avión, seré el único dueño después de Dios. En mi opinión, la sensación será fantástica.

Si todo transcurre según lo previsto, dirigiré mi nave hacia París. Estamos a 19 de marzo, el cielo está despejado, la luz aún posee una pureza invernal: la vista será magnífica.

Me gusta mi ciudad natal: la querré más que nunca. Es un fenómeno al que he asistido a menudo: para amar un lugar, hay que haberlo contemplado desde arriba. Quizá por eso a Dios lo imaginamos por encima de la Tierra; de otro modo, ¿cómo se las apañaría para amarnos?

Llegaré desde el norte, viraré ligeramente hacia la derecha, sobrevolaré el Arco de Triunfo. Detrás del Trocadéro, la A gigante de la Torre Eiffel me esperará con su presencia vertical. La amaré con ese amor que inspira aquello que está a nuestra merced.

Sinceramente, espero que mi intervención no afeará el hermoso Palais Galliera y no hará más ilegible la soberbia frase de Valéry esculpida sobre el Palais de Chaillot.

La azafata está a punto de invitar a los pasajeros a subir a bordo. Me niego a rezar para tener el coraje suficiente: eso querría decir que podría no tenerlo.

No quiero pensar en el fracaso de mi misión. Voy a conseguirlo, lo sé.

Cierro los ojos, me concentro. Ya me parece estar sintiendo el enorme cuerpo de la Torre Eiffel. En cuanto a mí, al formar un todo con mi avión disfruto de todo mi metal.

Nunca había tenido una percepción tan intensa de mi esqueleto. Quizá el amor sea eso.

Ya estoy a bordo. Los asistentes de vuelo que van a morir me saludan. No tardaremos en despegar.

La primavera puede comenzar.

Impreso en Talleres Gráficos
Liberdúplex, S. L. U.
ctra. BV 2249, km 7,4 - Polígono Torrentfondo
08791 Sant Llorenç d'Hortons